CW00496833

Le nom

Jean-Jacques Nuel

Le nom

récit

Première édition de ce récit :
Le Nom, éditions A Contrario, 2005.

« La vertu doit être en nous, et la louange doit venir d'autrui, lors même que le sujet en est le plus juste et le plus connu. Aussi c'est une punition assez ordinaire et bien méritée, que celui qui paraît fort content de soi jouisse seul de son contentement, sans que personne le lui dispute ou l'en félicite. »

Baltazar Gracian, *Le Héros*

Un

Le téléphone sonna. Il décrocha. La voix ne lui fut pas familière, une voix féminine dure et tranchante, précipitée, qui l'appela par un nom qui n'était pas le sien. *Il doit s'agir d'une erreur*, avança-t-il avant de raccrocher brusquement et sans attendre les explications ou les excuses de la femme. Sa main restait sur le combiné, le contenait, comme pour l'empêcher de se manifester de nouveau. La sonnerie du téléphone, dans les premières heures de la matinée, l'exaspérait et l'agressait ; tous ses proches savaient d'ailleurs qu'il écrivait le matin et que, sauf cas d'urgence, sauf cas d'importance, il convenait d'attendre l'après-midi pour le joindre. Pour ne plus être dérangé, il débrancha la prise téléphonique.

Encore contrarié par cet incident, il put revenir à sa table de travail, réintégrer la chambre du fond (des deux chambres la plus petite) qui lui servait de bureau depuis qu'il avait emménagé dans cet appartement. Le cahier était resté ouvert sur la dernière page écrite, le stylo plume décapuchonné, posé en travers sur le support de la spirale centrale, le gros encrier rempli d'encre noire un peu plus haut sur la table, à côté d'une montre au bracelet de cuir noir. Il referma le stylo et le disposa sur la droite du cahier. Il relut les quelques pages qu'il avait écrites la veille et les jours précédents, difficilement, sporadiquement, des textes sans lien et sans suite, des *départs de textes* qui tournaient court, des fragments d'une vague histoire qui ressemblait par endroits à une confession personnelle, qui contenait des éléments de sa vie passée, un peu romancés, augmentés, revisités par la littérature. Il y était question surtout de cimetières. Ce thème – qui ne lui était pas habituel – dominait. Un premier cimetière où reposait depuis plus de vingt ans une amie d'adolescence morte dans des conditions tragiques (un suicide), une jeune fille amoureuse de son meilleur ami au lycée ; un deuxième cimetière, de dimensions très modestes, clos de hauts murs et d'une grille de fer grinçante et à moitié rouillée, où il allait de nuit à la clarté lunaire avec ses amis étudiants déclamer de la poésie et refaire le monde par la parole, un cimetière isolé en pleine campagne et aux tombes en désordre, comme soulevées et presque retournées par des forces telluriques, envahies par l'herbe et la mousse, avec un immense arbre en son milieu qui semblait tirer sa force des morts ; un troisième enfin, celui du village de ses parents, où il se rendait chaque année le jour des Morts, où son père était enterré, comme son oncle, et d'autres membres de sa famille. Ces trois cimetières formaient les pointes d'une sorte de triangle géographique dans lequel il avait passé l'essentiel de son enfance, de son adolescence, et ces années de découverte conjointe de l'écriture et de l'amour. Mais ces notations diverses restaient à l'état de souvenirs décousus, hétérogènes, sans que des liens entre les images ne se tissent encore qui auraient constitué la trame d'une histoire.

Les derniers mots écrits dataient de la veille :

Mon oncle a eu une fin soudaine ; peut-être ne s'est-il pas vu mourir. Mon père a connu au contraire une très longue agonie, de près de cinq ans. Certes, il est mort plus âgé, mais je pense parfois qu'il a eu la même durée de vie que son frère, prolongée *d'une interminable agonie.*

Il rêva un peu, assis devant son cahier, mais il ne put poursuivre par l'écriture. Les images venaient encore, mais sans les mots. Les jours précédents, ces divers développements sur les cimetières s'étaient d'abord imposés à lui ; il avait rempli à peu près deux pages, en suivant sa plume, sans idée préconçue, cherchant seulement, comme il l'expliquait parfois à quelques auteurs de ses relations, à *épuiser le thème*. C'était sa méthode de travail, si l'on peut appeler une méthode cet abandon complet aux courants de l'écriture et au gré de l'heure. Il tirait sur des thèmes qu'il épuisait bientôt, qu'il épuisait trop tôt, dont il ne parvenait à extraire que des textes courts, des brèves, des nouvelles qui ne répondaient pas exactement au genre convenu de la nouvelle car l'action en restait suspendue, sans la moindre chute. Toutes ces brèves étaient pour lui des esquisses, des exercices, les prémisses d'une véritable œuvre qui se déploierait dans un plus vaste espace. Depuis plus d'un mois qu'il avait arrêté son travail et emménagé dans cet appartement du quartier de la Part-Dieu, il était à la recherche d'un thème qui lui donnerait la matière d'un texte long, d'une sorte de récit à la fois autobiographique et romancé d'une centaine de pages (une longueur que le logiciel de traitement de texte, en sa précision mathématique, traduirait en *cent cinquante mille caractères, espaces compris*). Apparemment, cette rêverie sur les cimetières ne le mènerait pas loin et semblait d'ores et déjà tarie. Aucun mot depuis le matin. Aucune idée. Sur la montre bien en vue les minutes défilaient, passaient, de leur course automatique, alors que le cours de l'écriture s'était bloqué, et l'écart croissant entre les deux temps, ce lent écartèlement, le plongeait dans un état proche de la rupture.

C'était presque le début de l'hiver, bien que le calendrier ne l'indiquât pas encore ; cela y ressemblait. La fenêtre en face de son bureau ouvrait sur un fond de ciel gris, brumeux et humide. Un grand immeuble de béton, comptant plusieurs centaines d'appartements, aux balcons trop éloignés pour qu'on en distinguât les détails, occupait la partie inférieure du tableau du dehors ; le peu de ciel au-dessus était découpé par les arêtes droites de la terrasse de l'immeuble et du cadre de bois. Il se leva. Il quitta sa table de travail pour gagner la cuisine et se préparer un café noir. Une habitude. Presque un rite, déjà. L'auteur aimait couper ainsi sa matinée consacrée à l'écriture. La cafetière, qu'il avait remplie à l'avance de café moulu et d'eau, fuma bientôt en émettant des borborygmes ; la grande vitre carrée de la fenêtre était couverte de buée, occultant l'extérieur. De son doigt, de l'index de la main droite, il commença par tracer au milieu de la vitre une ligne, puis une sorte de point à la suite. Il dessina en dessous les lettres de son nom, liées d'une écriture courbe et continue, avec lenteur, comme il l'avait fait plus d'une fois, enfant, dans la maison de ses parents. C'était un geste simple et familier, mais enfoui, remontant d'un lointain passé, qui avait précédé la pensée. Il regarda le dessin du nom, le bas des lettres alourdi d'eau. Puis il appliqua son œil derrière l'œil ouvert d'une lettre. La ville de l'autre côté du verre bougeait faiblement, son vacarme étouffé par la vitre froide et trempée. Dans la rue, des hommes courbés, emmitouflés, se pressaient dans la bise contraire. La silhouette d'une vieille femme revêtue d'un manteau de couleur indistincte, qu'il crut reconnaître comme une habitante de l'immeuble, rentrait du centre commercial. En dessous de la fenêtre, un camion stationné en double file gênait la circulation, occupant une moitié de la voie ; les voitures le dépassaient en alternance, par la gauche et par la droite, elles roulaient lentement, suivies d'un petit nuage gris.

Il but son café sans sucre, à petites gorgées, réchauffant ses doigts autour de la tasse blanche. Ses yeux se perdirent dans le motif compliqué de la tapisserie. Aucune pensée précise ne venait à son esprit, il se sentait loin de tout, ou à égale distance de tout, avec la seule conscience du poids de son corps et du passage du temps. Un réveil rouge de forme carrée trônait sur la table de la cuisine - il en existait un similaire dans chaque pièce sauf dans le bureau - indiquant dix heures du matin, et rappelant par son lancinant tic-tac qui s'amplifiait dans le silence alentour que le temps continuait son avance avec une régularité irritante, un minuscule cran à chaque seconde. Il se leva, rinça la tasse sous le robinet de l'évier, puis erra dans les pièces de l'appartement aux fenêtres toujours fermées. Avant de regagner son bureau, il poussa jusqu'au salon et, machinalement, alluma la télévision avec la télécommande, tout en se jetant sur le canapé. Une autre habitude, ou une manie. Dix fois la journée, et même au cœur de la création parfois, entre deux phrases, il venait regarder rapidement la télévision, *à la volée*, en zappant frénétiquement d'une chaîne à l'autre, l'espace de deux à trois minutes. Il ingurgitait des images partielles, décousues, un vidéoclip, une interview, une série américaine, un documentaire sur un peuple lointain, des fragments d'actualité, une émission scientifique. En passant vite de l'un à l'autre pour éviter de s'arrêter, pour ne pas suivre. Ce n'était qu'un intermède, un bref entracte, semblable à celui qu'il s'accordait en allant regarder distraitement par la fenêtre, l'esprit ailleurs, enregistrant une vague image du dehors.

Comme à l'accoutumée, cette diversion ne dura guère. Il revint à sa table de travail. Sa table de torture, avait-il envie de dire - et singulièrement ce jour-là - une table de torture dans une salle de tortures. L'écriture avait toujours été un exercice pénible et douloureux, quelque chose de *forcé*, et les mots venaient avec difficulté. Ce matin encore, comme tous les jours précédents, il avait ouvert le cahier, s'apprêtant à ajouter des pages aux pages de la veille, à poursuivre ce qu'il considérait comme son œuvre et qui n'avait d'autre lecteur que lui-même. Il avait ouvert le cahier sur la première page blanche. Il attendait. Il faut toujours attendre avant que les mots ne se décident à lever, à sourdre de la surface du papier, à sortir d'on ne sait où, de quelle invisible réserve, de quelle mémoire improbable. Mais aucun mot ne se présentait sous sa plume, aucun à ses lèvres, aucun à sa pensée. Cela faisait près de deux heures qu'il avait rejoint son bureau, au sortir de son petit déjeuner rituel, encore vêtu de son pyjama et de sa robe de chambre - dans les conditions habituelles et habituellement idéales. Mais rien ne venait. Le temps passait, sans lui. Pour ne pas laisser la page vierge, il aurait voulu écrire n'importe quoi, mais même cela, c'était impossible. Le n'importe quoi est indissociable d'un à quoi bon qui l'efface à mesure qu'il apparaît à l'esprit. La page restait uniment blanche et il commençait à craindre de perdre sa journée entière dans cette attente.

Depuis quelques jours (et après la douce euphorie du début de l'installation), l'écriture devenait de plus en plus difficile. Elle se réduisait. Elle se raréfiait. L'absence de réponse des éditeurs à ses envois de manuscrits ne l'encourageait guère ; il avait parfois des accès de dépression, de quasi-désespoir, en ouvrant chaque matin sa boîte aux lettres sur le vide. Des accès de révolte aussi, qu'il ne savait contre qui diriger. Sa solitude ne se résolvait pas par l'écriture ; au contraire, il lui semblait qu'elle se refermait chaque jour davantage.

Prenant son paquet de *Gitanes bleues sans filtre*, il saisit une cigarette, qu'il contempla en la faisant tourner lentement entre ses doigts ; sur toute la longueur de l'étroit cylindre il traça avec son stylo plume un trait noir, perpendiculaire à la marque GITANE imprimée en petites capitales grises qu'il traversa entre le T et le A ; l'encre bava, absorbée par le papier léger et poreux, par le lit de tabac. Il alluma la cigarette avec son briquet Zippo, puis ne tira que deux ou trois bouffées rejetées aussitôt dans l'air, la laissant se consumer jusqu'au bout sur le bord du cendrier de verre où elle laissa une tache brune ; progressivement il vit disparaître la ligne noire, et la marque imprimée, rongées par l'avancée de la braise. Il ne subsista que de légères cendres grises, à peine chaudes, qu'il effleura du bout de ses doigts avant de reprendre le stylo.

Alors, les yeux perdus dans le blanc de la page et dans la fumée résiduelle, à court d'idées, à court de mots, d'une façon presque machinale, il écrivit son nom.

Lentement (ou comme au ralenti), en lettres noires, larges et liées, légèrement penchées à droite, il traça son nom sur le cahier, d'un geste familier et irréfléchi comme le réflexe d'une signature, comme il l'avait tracé sur la buée de la vitre, mais d'une façon plus fine et définitive, avec de l'encre après l'avoir esquissé avec de l'eau, avec une écriture appliquée après l'avoir grossièrement dessiné avec le doigt. Les quatre lettres du nom, d'un seul mouvement de la main droite. Au milieu d'une ligne. Comme en suspension. Comme en équilibre. Au milieu de la première ligne de la page blanche du cahier.

Le geste achevé, il posa le stylo, resta immobile, et observa sa création.

Il avait écrit son nom comme ça, par une sorte d'automatisme, une mémoire de la main. Il ne l'avait pas fait exprès. Ses yeux avaient vu sa main saisir le stylo et former le mot à l'encre noire ; il avait assisté à une création soudaine, *ex nihilo*, rappelant celle d'un artiste plasticien qui jette une tache de couleur ou une ligne sur la toile après une longue et intense méditation, ou après avoir fait le vide en lui.

Il regardait l'apparition. La concrétion d'encre. Il considérait la figure du mot, en examinait la ligne et le relief, la silhouette, la robe, la forme *extérieure*. Comme un peintre qui prend de la distance avec son tableau pour mieux en apprécier les proportions ou en discerner les défauts, il se leva et recula de quelques pas, jusqu'à ne plus voir sur le cahier qu'une forme incertaine et sombre. Le mot n'était plus lisible (à l'instar des plus petites lettres du tableau dans le cabinet de l'ophtalmologiste) ; l'auteur ne le déchiffrait plus que par mémoire. A travers le vague tremblé des signes noirs, il en reconstituait le sens. Mais il voyait très bien malgré la distance la quatrième et dernière lettre, sur la droite, dépasser les autres de sa hauteur triple, comme dans un paysage lointain le clocher d'une église domine les maisons environnantes.

Il revint à sa table de travail et saisit le stylo, décidé à reprendre son ouvrage. L'inspiration n'était pas revenue pour autant, après l'écriture de ce nom qu'il considérait comme un accident, une fantaisie. Une récréation. Il ne trouva pas de suite. Sa tête était vide, occupée par ce vide souverain qui l'avait envahie depuis le matin. Il n'y avait pas d'autre suite à ce nom isolé que ce blanc sur la gauche, ce blanc sur la droite, ce blanc au-dessus et au-dessous, ce blanc de toutes parts, cette absence de texte avant et cette absence de texte après, ce silence de la page, aucune autre suite à ce nom qui semblait se suffire à lui-même.

Ce corps étranger, cet intrus (qu'il aurait pu rayer d'un trait de plume, noyer sous l'encre, renvoyer au néant pour revenir à son œuvre) l'intrigua à la fin ; et il l'examina de plus près. C'est alors, revenu du moment d'ivresse et de cécité de la création, qu'il le vit concrètement et que les détails lui apparurent dans toute leur objectivité.

Il avait écrit le nom au milieu de la première ligne, sans majuscule à la première lettre, sans point après la dernière lettre.

Il l'avait écrit comme un *nom commun*, sans capitale à l'initiale. Un nom commun isolé, en travers de la page, un objet incongru, hors de tout contexte, vestige rescapé d'une phrase disparue. Un substantif tombé du ciel, oublié là, qui aurait pu indifféremment jouer le rôle d'un sujet, d'un complément d'objet direct ou indirect, d'un attribut – selon la place qui lui aurait été assignée dans une phrase complète. Le nom formait un bloc. Les quatre lettres, liées les unes aux autres par l'élégante écriture anglaise (ce n'étaient pas des pattes de mouche), semblaient forgées du même fil d'encre noire, unies étroitement pour ne pas se perdre, pour ne pas perdre le sens qui circulait en elles et entre elles.

Il n'avait pas mis de majuscule à la

première lettre. Sans le faire exprès, sans volonté délibérée ou mûrement réfléchie, il avait transformé le nom propre en nom commun. Et créé du même coup un néologisme, car le mot obtenu n'existait pas dans les dictionnaires usuels, ni dans le *Petit Robert* alphabétique et analogique de la langue française, ni dans le *Petit Larousse*, il en était sûr mais il les vérifia tous deux absurdement, par un souci maniaque – s'attardant sur les deux mots entre lesquels le nom aurait pu s'intercaler, le précédent et le suivant virtuels, qui en son absence se succédaient étroitement. Il pointa du doigt la place qui serait celle du mot nouveau, avec sa définition, ses exemples, décalant de quelques lignes toute la suite du vocabulaire. Maintenant que ce nom était décapité de sa majuscule, comme un noble amputé de sa particule, il pouvait rentrer dans le rang, se mêler à la foule de ses semblables, rejoindre incognito la masse des noms communs et gagner ainsi, comme des dizaines de milliers d'autres mots déjà existants, sa place dans le dictionnaire à l'endroit précis que lui assignait un classement alphabétique rigoureux et sans faille - une place qu'il n'aurait sans doute jamais pu conquérir dans la seconde partie du *Petit Larousse* illustré réservée aux noms propres, dans cette partie réduite, perpétuellement élaguée, renouvelée, des noms de famille illustres. (De la même façon, dans les cimetières, les tombes trop anciennes finissent par disparaître, ou par être remises à disposition, et les ossements sont versés à la fosse commune où ils n'ont plus d'identité.) Au contraire, le nom ayant changé de statut était maintenant susceptible de survivre dans le lexique, cette large famille d'accueil, car tous les mots y ont leur place exacte uniquement déterminée par le classement alphabétique, d'une élasticité totale, qui s'applique à tous, grands ou petits, usuels ou rares, vieux ou modernes, précieux ou familiers, quelle que soit leur origine nationale ou raciale, dans un égalitarisme exemplaire.

L'auteur imaginait déjà le nom dans le dictionnaire ; un lexicographe pressé lui demandait de préparer une fiche sur ce nouveau vocable, d'en donner l'étymologie et le sens, la date d'apparition, la phonétique, les éventuels synonymes, d'en décliner le sexe. Si, pour l'origine et le sens, il pouvait reprendre ce qu'il avait un jour lu dans deux dictionnaires étymologiques des noms de famille à la bibliothèque municipale (un nom qui *pourrait*, selon le premier dictionnaire, qui *paraît*, selon le second, représenter un diminutif de *nu*, latin *nudus*, au sens de pauvre, dépouillé, misérable), il s'avérait nettement plus difficile d'attribuer un genre à ce substantif. Pour le nombre, il relevait à l'évidence du singulier (la dernière lettre n'était pas un *s*, marque ordinaire du pluriel, ni un *x*, et le mot n'avait pas l'allure d'un pluriel irrégulier), mais pour le genre : masculin ou féminin ? Le doute était permis. Jusqu'à présent, la question ne s'était pas posée. Comme l'auteur n'avait pas eu à faire précéder le nom d'un article, ni d'un déterminant démonstratif ou possessif, ni à l'accompagner d'un pronom personnel, ni à le faire suivre d'un adjectif, ni à l'insérer dans une phrase complète, bref à le mettre en situation grammaticale et logique, la réponse ne revêtait pas un caractère d'urgence. Mais il était bon d'y réfléchir pour ne pas être pris en défaut le jour venu. Spontanément, l'auteur aurait accordé au nom son propre genre, le masculin, le viril, puisqu'il était un homme et que le nom s'accorde à la chose qu'il désigne. Mais, imagina-t-il, une femme, portant le même nom (de naissance ou d'alliance), aurait pu en être tout aussi bien l'auteur. Un transsexuel, également. Il aurait donc voulu lui attribuer un genre neutre, mais celui-ci n'existant pas dans la langue française, il décida finalement qu'à l'instar de quelques mots si rares qu'ils forment un club (*après-midi, après-guerre, alvéole, enzyme, palabre*...), le nom aurait les deux genres, mâle et femelle, femelle et mâle, comme certains êtres ont une double nationalité.

Ce jour, commencé sous de mauvais auspices, se révélait finalement un jour faste, productif : il avait créé un mot. Il ne se lassait pas de le regarder, comme un père étonné de son nouveau-né. C'était un nom parfait, en quelque sorte. Si beau qu'on l'aurait cru inventé de toutes pièces, ou né de l'imagination d'un écrivain. Court, ramassé, dense, trapu, solide, sonore et bien proportionné. Un nom qui respirait la santé. Un nom bien charpenté, parfaitement équilibré, composé de quatre lettres différentes, aucune en double. Deux consonnes et deux voyelles, une parité exemplaire. Deux syllabes égales, deux paires de lettres, accolées en miroir : consonne-voyelle ; voyelle-consonne. Une symétrie merveilleuse. Les deux voyelles à l'intérieur, comme un fruit protégé par sa bogue de consonnes. Les deux consonnes à l'extérieur, enserrant la perle du hiatus. Quatre lettres fondatrices, porteuses, comme les murs d'une maison. Des lettres essentielles, primaires, irréductibles comme les pierres et qui avaient traversé les siècles depuis le début de l'alphabet latin. Quatre lettres pures, d'un seul bloc et d'un seul dessin, sans aucun signe auxiliaire comme l'accent, le tréma ou la cédille, ces signes qui créent parfois une difficulté orthographique ou que l'on a tendance à oublier lors de l'écriture. Un nom idéal. Dans l'air il retraça de son index pointé le corps des lettres qui composaient le mot, quatre lettres conventionnelles dans la langue française, chacune ayant un numéro d'ordre dans la collection complète des vingt-six lettres de l'alphabet, un autre numéro d'ordre dans la série limitée des voyelles ou dans la série limitée des consonnes, une place fixée dans la casse de l'imprimeur, dans le bas de casse des minuscules. Et un rang entre elles quatre, un ordre déterminé et immuable, un ordre d'apparition théâtral sur le papier minutieusement réglé par le metteur en scène du sens : d'abord, une consonne nasale dentale, puis une voyelle labiale antérieure fermée, une voyelle antérieure ouverte orale, enfin, fermant la marche, une consonne orale liquide prépalatale.

Rien à redire. Rien à reprendre. Pour un coup d'essai, c'était un coup de maître. De petite taille, sans développement inutile, sans lettre redoublée, sans consonnes superflues qui ne se prononceraient pas (et qui caractérisent ces noms *à coucher dehors*), il tenait pourtant bien sa place, centré et campé sur la page, éblouissant dans sa brièveté, un nom clair, simple, original, expressif, pas ridicule ni déshonoré comme certains patronymes malencontreux (dont les détenteurs peuvent avoir honte au point de vouloir en changer et d'entamer une procédure officielle de changement de nom), un nom auquel on pouvait s'identifier. Dès ses plus jeunes années, il avait refusé d'imaginer un nom d'emprunt (un nom de plume) pour signer ses œuvres à venir. Il n'avait pas eu besoin de recourir à un pseudonyme, de changer d'identité : le produit de l'artifice eût été inférieur à l'original et à la nature. C'eût été un gâchis, de renoncer à cet héritage. Il aimait son nom. Il l'aimait de l'extérieur, pour sa forme et sa musicalité ; il l'aimait dans sa matérialité, la chair de ses lettres, son suc, sa moelle, sa vertu quasi nutritive ; il l'aimait pour son sens primitif aussi, un peu oublié dans la nuit des temps. Il en était heureux et fier, comme il était heureux et fier de son sexe. Aucun divorce entre son sexe et son être, aucun divorce entre son nom et son être. L'accord parfait. Le sexe correspondait à la personne. Le nom correspondait à la personne. Le mot correspondait à la chose. Un écrivain avec lequel il avait entretenu des relations épistolaires vingt ans auparavant (un écrivain reconnu) lui avait écrit de Rome - où il était pensionnaire à la Villa Medicis : *Vous avez un très beau nom, très poétique. Il évoque Nerval. Est-ce le vôtre, ou s'agit-il d'un pseudonyme ?* Il avait été fier de cette observation, curieusement plus fier que des compliments que l'écrivain consacré lui avait adressés à propos de ses textes (que l'auteur débutant jugeait lui-même bien imparfaits) ; il en avait été heureux et comblé comme si cette remarque, au-delà du nom, concernait sa personne même - ou comme si sa personne et son nom se confondaient.

Peu répandu (et tirant peut-être son prix de cette rareté), le nom n'était pas célèbre, n'avait pas été célèbre par le passé, ni compromis par un ancêtre douteux dans une action scélérate, ne s'était immortalisé ni dans le bien ni dans le mal - ce qui, tout compte fait, constituait une chance. Un nom issu d'une lignée obscure, faite de pauvres hères, de journaliers, de rouleurs, de serfs, de manants, de vilains, la lie, l'écume du peuple. Un nom simple comme ses origines, sans noblesse et sans particule, ni à rallonges ni à charnière. Et malgré cela (ou à cause de cela), un nom fier, droit dans ses bottes, un de ces noms qui ose dire son nom. On ne le trouvait pas dans les livres d'histoire, ni dans les magazines à sensation relatant la vie des vedettes, ni dans les annuaires des célébrités (le *Who's who*, par exemple, ne le mentionnait pas) ; on n'en relevait que quelques exemplaires dispersés dans les annuaires téléphoniques. C'était aussi bien, de partir d'un nom quasi vierge. De partir de rien, ou presque. On pouvait s'afficher sous ce nom, on pouvait le revêtir sans l'ombre d'un complexe. Du moins entre les frontières du pays, dans sa langue maternelle, car on n'est jamais à l'abri de ce qu'il risque de signifier dans une langue étrangère, directement ou indirectement ; ainsi pourrait-il, outre-Manche, outre-Rhin, ou ailleurs, désigner ou évoquer quelque chose de ridicule, de déplaisant, de malfaisant, d'obscène, ou se prêter à un jeu de mots, une équivoque, une plaisanterie cruelle. Il n'y a rien à faire contre l'histoire et la géographie des mots.

Ces dernières considérations lui semblèrent vaines et il s'en voulut de ces peurs imaginaires, hypothétiques, qui lui gâchaient la joie d'une journée somme toute productive - sinon en quantité, du moins en qualité. Un sourire de satisfaction passa sur ses lèvres et il s'empara du stylo. Se positionnant à la deuxième ligne de la page, et s'appliquant comme à l'école, il écrivit de nouveau le nom, à l'identique, exactement sous le premier.

Deux

À l'aube du deuxième jour, il se réveilla moins angoissé qu'à l'ordinaire. Bien que les stores de la chambre fussent baissés, la lumière du dehors semblait plus vive, attestant d'un ciel au moins partiellement dégagé de la brume qui l'encombrait depuis une semaine. Sans un regard pour le petit réveil carré de couleur rouge posé à même la moquette, il enfila son pyjama, ses chaussettes, ses pantoufles, sa robe de chambre et se dirigea vers la salle de bain. La lumière de l'ampoule électrique nue près du miroir l'aveugla. Son reflet dans la glace ne lui arracha pas la grimace habituelle ; au contraire, et sans aller jusqu'à se plaire, il se trouva les traits moins tirés, le teint plus clair.

Chaque matin depuis plus de vingt ans commençait par une sorte de cérémonie, celle du thé, qu'il avait reconduite dans ce nouvel appartement. Dans le décor froid et fonctionnel de la cuisine, tout était réglé avec minutie : la quantité d'eau dans la casserole, le temps de chauffe sur la cuisinière électrique, la quantité de thé en vrac dans l'eau frémissante, le temps d'infusion ; la disposition sur la table de bois clair du bol de grès, de la passoire, de la petite cuillère, du couteau à beurre, du couteau à pain, du pot de confiture allégée, du pot de beurre, du pain complet, de la serviette rouge à carreaux ; le nombre de tranches de pain et leur épaisseur, la quantité de beurre et de confiture ; le temps de préparation, le temps de consommation, le temps de méditation qui le prolongeait, le temps global du petit déjeuner. Le rythme et le programme de la cérémonie étaient inscrits dans son corps, chaque geste, chaque mesure en mémoire.

Cela dura presque une heure dans la solitude et le silence. Puis il se leva, se rendit aux cabinets, urina et déféqua posément.

Tous les rituels accomplis, et après avoir revêtu de vieux vêtements fatigués, il put rejoindre son bureau. Il se sentait de bonne humeur, et l'esprit disponible. La séance d'écriture (curieusement il avait pris l'habitude d'employer le mot *séance* pour désigner le laps de temps consacré à la création, la séquence de travail, et cela peut-être en souvenir du temps déjà ancien où il allait s'étendre deux fois la semaine sur le divan du psychanalyste) - la séance, il le pressentait, s'annonçait bien et promettait d'être productive. Il rechargea le stylo plume dans l'encrier en amorçant la pompe, comme s'il se préparait pour une longue traversée.

Le bureau était une pièce de faible surface, en forme exacte de carré. Les quatre murs, à l'exception des espaces fonctionnels de la porte et de la fenêtre, étaient couverts du sol au plafond d'étagères blanches chargées de milliers de livres et de revues littéraires qui cachaient presque entièrement une tapisserie à fleurs d'un vieux rose et passablement démodée. Du plafond d'un blanc devenu terne pendait une ampoule nue dépolie de soixante-quinze watts au bout d'un fil électrique recourbé. La moquette rase était grise. Deux tables séparées de près d'un mètre occupaient le milieu de la pièce, la seconde placée perpendiculairement à la première. Sur celle de gauche reposaient le cahier à spirale, l'encrier, le stylo plume, des stylos bille, des stylos-feutres, des crayons à papier, une gomme, un taille-crayon, un dictionnaire, un cendrier, le paquet de *Gitanes bleues sans filtre,* quelques livres épars ; elle était réservée à l'écriture *manuelle.* Celle de droite supportait un ordinateur et ses périphériques, clavier, souris, moniteur, imprimante laser, scanner, boîte de disquettes ; elle était réservée à l'écriture *à la machine.* L'auteur écrivait de gauche à droite : la première table, où il jetait sa version manuscrite, venait logiquement, dans le temps et dans l'espace, avant la seconde où il tapait la version finale. Devant chaque table, une chaise identique, de bois clair et de paille ; dessus, une lampe de bureau métallique et noire ; dessous, positionnée à gauche, une corbeille à papiers de couleur rouge.

Ouvrant le cahier, il relut le nom tracé la veille. Il regarda les deux graphies du mot, l'une en dessous de l'autre, la seconde étant l'imitation parfaite de l'originale, par la forme des lettres, leur taille, leur épaisseur, leur inclinaison. Une étude scientifique aurait conclu que la quantité d'encre utilisée était exactement la même pour chacun des mots jumeaux. Une analyse graphologique aurait conclu qu'une seule personne les avait signés. C'était comme si tous deux étaient sortis du même moule. Il s'arracha de force à cette contemplation un peu fascinée en se disant qu'il fallait revenir à son œuvre, que le temps était compté. Ses doigts accentuèrent leur pression sur le stylo, signe avant-coureur du processus de l'écriture. Contrairement à son habitude, il ne tira pas un trait sous le travail de la veille, ni ne tourna la page pour entamer une page nouvelle avec le jour. Il eut envie de poursuivre sur la lancée, de reprendre à l'endroit exact où il s'était interrompu – comme si ce travail-là devait être continué jusqu'à son terme et *épuisé* avant qu'on ne puisse en concevoir un autre. Le vide de la page, en dessous des deux lignes remplies, l'attirait. Sur la troisième ligne, il écrivit de nouveau le nom, à l'identique, centré, tout en minuscules, et ce fut comme si la nuit intermédiaire n'avait jamais existé, comme si les deux morceaux de temps s'étaient recollés, il était encore dans le jour précédent, dans la même inspiration heureuse, poursuivant l'avancée du texte commencé. Il ressentit une sorte de plénitude, que l'écriture ne lui avait que peu accordée par le passé.

Alors il se lança véritablement et entreprit des figures plus ambitieuses. Il voulut d'abord remplir une ligne complète avec le nom, en le répétant, le reproduisant en un nombre suffisant d'exemplaires pour qu'il occupe la totalité de l'espace horizontal entre la marge gauche (matérialisée par un trait vertical rouge) et le bord droit du cahier - et ce fut une ligne du nom.

La facilité avec laquelle il avait accompli ce premier exercice le surprit. Il tenait la ligne complète dans l'axe de son regard et admira d'être passé du mot isolé au mot assemblé, au groupe de mots, comme un enfant qui franchit une étape fondamentale en passant des mots séparés au langage articulé, ou qui effectue ses premiers pas. Il avait réussi à tenir une distance.

Sautant une ligne, il s'essaya au paragraphe et couvrit trois lignes complètes du nom en continu, l'une après l'autre, de la plus haute à la plus basse, depuis la première en commençant par la gauche jusqu'à la troisième en terminant à droite - et ce fut un paragraphe du nom.

Tournant la page et prenant peu à peu de l'aisance et de l'assurance, il s'essaya à la page complète. Depuis toujours il n'écrivait que sur le recto des feuilles, sur les pages de droite, sur la moitié droite au-delà de la spirale de fer qui formait une barrière au milieu du cahier ouvert (cette spirale qui l'eût gêné s'il avait été gaucher). Il couvrit méthodiquement avec le nom toutes les lignes (au nombre de trente et une sur son cahier A4 à grands carreaux), de la première en haut à gauche jusqu'à la dernière en bas à droite, sans retrait ni espace autre que l'intervalle normal entre chaque mot - et ce fut une page du nom.

Il avait fait sa page d'écriture. Consciencieusement, en s'appliquant, comme un travail prescrit par un maître d'école, corrigé, noté, mais avec une relative facilité. Non pas une page de littérature, dans l'angoisse et la difficulté de l'inspiration, ralentie par les hésitations, les ratés, les ratures, les remords et les repentirs - mais une page de pure écriture, ou de réécriture, dans le déroulé d'un texte connu et convenu d'avance et recopié, reproduit, un exercice de réplique. Il avait retrouvé une sensation très ancienne (et avec la distance du temps devenue assez délicieuse), celle de l'école primaire d'antan et de ses pages d'écriture à la plume Sergent-Major trempée dans l'encrier du bureau de bois, l'écriture à l'encre violette. Pour progresser, pour acquérir la dextérité nécessaire au maniement de la plume et à l'usage écrit de la langue, il fallait recopier les lettres, l'une après l'autre, l'une en dessous de l'autre, les vingt-six lettres de l'alphabet, plus les lettres accentuées, celles à cédille ou à tréma, une sur chaque ligne, avec les pleins et les déliés, les jambages, la hampe ou la queue, sur la droite d'une *lettre modèle*, exemplaire, tracée près de la marge par la main experte de la maîtresse. Puis, la semaine suivante, on passait à la phase ultérieure, on recopiait un mot, un vocable composé de deux lettres liées, un petit mot usuel comme un article : *le*, *la*, *un*, *du* ; puis on passait au stade supérieur, au mot de trois lettres, de quatre lettres, et de fil en aiguille, par une progression véritablement arithmétique, on apprenait à écrire, on attrapait le virus de l'écriture, on devenait sans le savoir un écrivain.

Pendant près de deux heures, il ne trouva rien d'autre à écrire que le nom. Il ne trouva rien de mieux. Sans précipitation mais sans hésitation, il le traçait avec un plaisir égal et constant, renouvelé, un plaisir sans mélange, sans arrière-pensée, sans cette ombre perpétuelle du doute et de l'insatisfaction qui plombe le travail de l'écrivain. Un plaisir qu'il n'avait que très rarement éprouvé jusqu'alors, sauf - le souvenir lui revint d'un coup - en écrivant un nombre dans le corps d'un texte.

L'écriture des nombres avait toujours été un plaisir intense, une authentique jouissance, un moment isolé et trop bref de délice au cœur des affres de la création littéraire. Il aurait aimé le prolonger. Si cela avait été possible (et de nature à constituer une œuvre), il aurait voulu n'écrire que des nombres, des suites immenses et recommencées de nombres en recopiant d'interminables additions, la litanie des tables de multiplication, des logarithmes, des fractions aux numérateurs et aux dénominateurs gigantesques, ou une division poussée très loin, sept chiffres après la virgule. Depuis l'enfance, les nombres le fascinaient, et singulièrement les nombres écrits en toutes lettres - qu'il aimait à voir se développer sur une ou plusieurs lignes. La différence de traitement d'un nombre, entre le raccourci du chiffre et la longue écriture littérale, l'écart entre ses deux versions, se révélait vertigineuse et le ravissait toujours. Ainsi, pour donner l'exemple d'une date, passer de 27.11.1997 (en chiffres) à vingt-sept novembre mille neuf cent quatre-vingt-dix-sept (en lettres), passer de huit chiffres à quarante-huit lettres, sans compter les espaces et les traits d'union lesquels, si on les incluait dans le calcul, porteraient la date écrite à cinquante-sept signes, contre dix seulement pour la date chiffrée en ajoutant les deux points intermédiaires, soit un rapport de un à cinq virgule sept entre les deux versions de la même date, une telle transformation donnait l'impression, pour prendre une image empruntée au vocabulaire informatique, de passer d'un fichier compressé à un fichier décompressé.

Le plaisir de l'auteur avait une autre cause que le pur déroulé des lettres. Les nombres étaient parfaits et définitifs. (Il est plus facile de trouver le nombre *juste* que le mot juste, il suffit de savoir compter). Une fois choisis et retenus, ils n'étaient plus susceptibles d'amélioration. On n'allait pas revenir sur eux, comme on revient sans cesse sur le style, cent fois sur le métier remettant l'ouvrage de la phrase, dans un sentiment de souffrance, de découragement et d'échec. Il pouvait donc écrire les nombres lentement, mais sûrement, pour la première et dernière fois, dans la certitude tranquille et installée qu'il n'aurait plus à les corriger. Il en avait fini avec eux. Dans sa littérature en perpétuel chantier, mouvante comme la mer recommencée, les nombres représentaient des îlots de perfection, des barrières de récifs, des bribes de texte achevé. Dans les moments de doute il se raccrochait à eux.

De la même façon, le nom, ce mot inventé la veille et repris déjà plusieurs centaines de fois dans son cahier, lui paraissait définitif. Lui non plus n'était pas susceptible d'amélioration. Des siècles avaient été nécessaires pour parvenir à sa forme définitive et le garder jusqu'à nos jours, une chaîne ininterrompue, des générations et des générations, des vies et des morts innombrables d'ancêtres qui s'étaient transmis précieusement le nom, comme un coureur de relais passant le témoin, qui avaient su le conserver, le véhiculer, préserver ce trésor immatériel qui excédait leurs courtes et fragiles existences. Le nom était l'œuvre du temps. Le fruit d'un travail collectif, d'une sédimentation lente de la langue, après les glissements graphiques et phonétiques du Moyen Age, un mot enfin stabilisé, statufié. Tout le reste n'était que littérature : approximation, bavardage. Hésitation, mode, confusion. Insatisfaction. Le nom était la solution. Quelle œuvre plus achevée pourrait-il écrire que l'énoncé de ce nom ? Pourquoi ne pas réduire son œuvre à ce nom ? (le mot *réduire* n'ayant dans l'esprit de l'auteur rien de *réducteur*). À sa profération, sa scansion, sa prolifération. Maintenant qu'il en avait fait un nom commun, par l'oubli approprié de sa majuscule, il pouvait le reproduire, et même en nombre, et même à l'infini, car les choses communes sont infinies. Comme les fleurs, les feuilles, les fruits. L'herbe. Les insectes. Les poissons dans les eaux. Les oiseaux dans le ciel. Les bêtes sauvages et les reptiles. Les arbres dans les forêts. Comme les grains de sable et les étoiles. Son œuvre ne connaîtrait pas de limite. Et sa gloire non plus.

Adolescent, se souvint-il, il rêvait de devenir écrivain pour connaître la célébrité. Il rêvait de sa gloire à venir et souvent, désertant l'histoire qu'il avait commencé d'écrire, à peine esquissée, il s'imaginait célébré, reconnu, et les heures passant dans cette euphorie, dans cette absence au monde, il terminait la journée avec sa page presque blanche, guère plus avancé qu'au matin. Pourquoi tant d'années avaient-elles passé sans qu'il soit capable de livrer une œuvre achevée ? Ses propres limites littéraires, assurément. Les limites de son être. Mais aussi cette furieuse rêverie, cette funeste tendance à rêver sa vie plutôt que de travailler à sa réalisation. Car entre l'idée de la réussite et la réussite effective, il y avait une œuvre à accomplir. Quelque chose à écrire, très concrètement, très matériellement, très bêtement. Il avait perdu trop de temps, usé trop d'énergie à se *voir* déjà arrivé ; cependant, les jours, les semaines, les mois, les ans passaient. Une large partie du cours de la vie s'était écoulée. Il en avait conscience. Le passé avait été une errance. Mais c'était fini. Il allait œuvrer, maintenant. Le processus venait de s'enclencher.

Il écrivit plusieurs pages sans relever la tête. Une écriture automatique et régulière, une salve lente, une calme rafale. Il les relut. Tout le texte lui parut impeccable, sans le moindre déchet.

C'était l'heure approximative du café, de la rupture bénéfique du café au cœur de la séance d'écriture. Il rejoignit la cuisine. Il appuya sur le bouton de la cafetière électrique. Tout était dans le même ordre, dans le même état que la veille, à l'exception de la fenêtre qui n'était pas couverte de buée : on voyait à travers la vitre distinctement les détails de la ville qui se précisaient dans un air clair et légèrement ensoleillé. Il chercha la trace du nom qu'il avait dessiné sur le verre, crut la reconnaître en penchant la tête et modifiant l'axe de son regard, mais en se redressant il la perdit aussitôt. Un nom écrit en lettres transparentes, immatérielles, vides, sur un support translucide, une apparition furtive et fortuite destinée à s'évanouir. Mais ce même nom s'affichait en caractères noirs et nets sur l'enveloppe d'une lettre posée sur la table. On le retrouvait partout dans l'appartement, sous des formes pérennes. Sur ses papiers rangés dans le portefeuille de cuir : la carte d'identité, le passeport, le permis de conduire, la carte de sécurité sociale, la carte de crédit aux lettres en relief plastifiées. Sur le courrier reçu, les papiers administratifs soigneusement classés dans des chemises cartonnées, les lettres personnelles en vrac sur une étagère. Sur la porte d'entrée. Sur la boîte aux lettres. Depuis l'enfance, depuis qu'il avait appris à l'accepter et à vivre en sa compagnie, depuis qu'il avait appris à se désigner ainsi comme il désignait les êtres et les choses alentour de leur mot exact (*la table la chaise le père la mère le livre le cahier le crayon le chat la maison* etc.), ce nom l'avait accompagné dans toutes les épreuves, dans toutes les solitudes, et l'avait consolé souvent des aléas de l'existence. Parfois le soir, dans son lit, dans sa chambre sombre, il le répétait comme une formule magique, une incantation, une prière aux vertus d'apaisement.

Tandis qu'il buvait son café, le regard perdu dans le labyrinthe géométrique de la tapisserie, il se disait qu'un tel nom avait été une chance, un don à la naissance, et que son père lui avait transmis le plus beau cadeau qu'un homme puisse faire à son fils. C'était un nom excellent, à cent pour cent. Il n'avait jamais eu à en souffrir, aux divers âges de sa vie. Ses camarades d'école, puis de lycée, qui sont toujours si cruels avec les patronymes de leurs condisciples et ne ratent jamais une occasion de s'en moquer (exerçant leur méchanceté dans l'invention verbale), n'avaient pas trouvé de réelle façon de tourner son nom en ridicule, sauf à deux ou trois reprises, quand ils avaient créé un diminutif - formé de la première syllabe redoublée. Le résultat était plutôt gentillet. Presque affectueux. Il n'avait pas à se plaindre. Une fois, un élève plus mal intentionné (à l'esprit plus mal tourné) poursuivit la transformation du sobriquet obtenu et changea la première lettre pour en tirer un nouveau surnom, moins obscène que comique. Ce fut la seule fois, car le résultat était trop *tiré par les cheveux*. Le dernier surnom ne fit pas recette dans la cour de récréation. On se trouvait trop loin du nom originel pour que d'autres personnes y pensent spontanément. Et ce fut tout.

Depuis il avait connu des années difficiles. Des études menées sans conviction. Un amour brisé et blessé. Une longue période de chômage après l'université. L'échec de ses tentatives littéraires. Un mauvais mariage (il venait de quitter sa femme). Une série tenace de maladies répétitives entretenues par son état dépressif. Une psychanalyse laborieuse au résultat mitigé. Des métiers exercés avec conscience et dégoût. Une frustration ininterrompue. Durant toutes ces années, ces décennies pouvait-il déjà dire, il avait survécu en s'accrochant à son nom, comme un naufragé s'agrippe à une épave pour rester à la surface des flots. Ce nom l'avait accompagné pendant toute la traversée, comme unique bagage. Il ne tenait à rien d'autre. Il ne possédait rien d'autre que ce bien immatériel. Et même son prénom (ce *petit nom*), qu'il appréciait, qu'il ne rejetait d'aucune façon (un prénom double, composé, deux prénoms simples et de même initiale reliés par un trait d'union, comme si ses parents avaient eu des jumeaux en sa seule personne) était de peu de poids en regard de son nom de famille.

Un souvenir lui revint en mémoire, un acte absurde dont il n'était pas particulièrement fier : vers la fin de l'adolescence, il avait composé des petites annonces futiles (dont une gratuite dans le magazine *Actuel*) pour le seul plaisir de voir son nom imprimé dans les journaux et les revues. Il se demandait, mi-sérieux, mi-amusé, si cette première parution ne représentait pas le début de sa carrière littéraire.

Tenter sa chance dans l'édition, en

proposant des manuscrits aux éditeurs, n'en était que la suite logique. Il rêva de publier des livres, des plaquettes, des recueils, l'intérêt principal de ces *objets* étant moins leur contenu (des feuilles fermées, serrées, aveugles et mortes) que leur *couverture* - sur laquelle apparaîtrait son nom, imprimé, en caractères gros et gras, centré, son nom exposé, diffusé, multiplié. Sa carrière littéraire s'étant réduite jusqu'alors à sa plus simple expression, il ne remplit que partiellement son objectif : ses œuvres ne furent acceptées que par de très petits éditeurs, le tirage des livres se révéla faible, la diffusion confidentielle, sans parler de son premier ouvrage édité piteusement à compte d'auteur et qui ne sortit jamais des cartons de l'imprimeur.

Mais ce peu qu'il avait obtenu, si dérisoire, si faible en nombre et si inférieur à ses rêves, lui avait cependant permis de traverser les jours pour se retrouver ici et maintenant ; le nom avait été sa colonne vertébrale, le seul élément stable et rassurant dans la fuite du temps. C'était son point d'ancrage, son point fort. Mais aussi, à l'occasion, son point faible. La moindre faute d'orthographe lui était une blessure, une atteinte à son intégrité ; lorsqu'il voyait son nom *écorché*, *estropié* (si ces deux termes s'appliquent normalement à la faute de prononciation, il les revendiquait pour l'erreur d'écriture), ou *amputé*, *défiguré*, il se sentait atteint *dans sa chair* et en souffrait physiquement. Si, dans la vie courante, ces erreurs se produisaient sans trop de dommage sur son mental, s'il parvenait à les prendre avec recul et philosophie, c'est dans la vie littéraire, bien sûr, où il investissait depuis l'origine sur le nom, que cela lui était le plus pénible, le plus odieux de découvrir le remplacement d'une voyelle par une autre, d'une consonne par une autre, le redoublement d'une consonne, un accent intempestif, ou une graphie complètement différente, comme il l'avait vu une fois, le nom écrit en sept lettres au lieu de quatre, prolongé du triple appendice de la dernière consonne redoublée, d'un *e* muet et d'un *s* de pluriel, et malgré ces ajouts se prononçant d'une façon conforme à l'original, comme pour faire mentir cette réponse élémentaire qu'il avait trouvée à la question : *Comment s'écrit votre nom ? – Tout simplement comme il se prononce !* Et bien non, il y avait des gens à l'esprit suffisamment bizarre et biscornu, voire vicieux ou pervers, pour inventer les transcriptions les plus complexes, des orthographes absurdes, et chercher midi à quatorze heures.

La faute malencontreuse sur le nom, l'erreur fatale s'était produite à plusieurs reprises, à l'occasion d'une publication en revue, en chapeau ou en signature d'un texte dont il était l'auteur, ou dans le sommaire récapitulatif, dans un programme, un catalogue, sur une affiche, ou au beau milieu d'un article critique dans un journal ou une revue. Chaque fois sa fureur était incommensurable ; et sa honte était telle qu'il en venait à se réjouir de la faible diffusion du périodique en cause, de son tirage confidentiel – peu de lecteurs seraient ainsi témoins de sa disgrâce. Une faute à son nom blessait son être tout entier, le révoltait ; il avait alors de véritables *envies de meurtre* qu'il ne mit heureusement jamais à exécution, n'ayant pas de coupable sous la main.

Le restant de café dans la tasse était froid. Toutes ces pensées, tous ces souvenirs le retardaient dans son travail et tendaient à le distraire de son objectif ; il les chassa. Il rinça la tasse, revint dans son bureau pour écrire encore plusieurs pleines pages en remplissant les lignes de l'unité immuable et répétée du nom.

La montre à plat sur la table indiquait l'heure du déjeuner. Il avait faim, ce qui mettait à l'ordinaire un terme à sa séance d'écriture. De plus, sa main droite crispée sur le stylo (un Montblanc Meisterstück à plume d'or, qu'il s'était royalement offert le jour où il avait quitté son travail), commençait à le faire souffrir ; il ressentit un début de crampe. Une angoisse l'envahit de façon simultanée. Et si sa main droite, pensa-t-il, qu'il voyait sous ses yeux tracer inlassablement les quatre lettres du nom sur le papier, cette main qui n'avait jamais faibli, qui avait toujours tenu la plume sans faillir, venait à lui manquer ? Une entorse au poignet, une distension des ligaments, une blessure d'un ou de plusieurs doigts (sans vouloir envisager des accidents plus brutaux dont la simple perspective le fit frissonner d'horreur) sont si vite arrivées. Que ferait-il alors ? Qui assurerait la relève ? La ressource de *dicter* ses œuvres (à laquelle recourent volontiers les écrivains âgés qui deviennent aveugles) ne lui plaisait pas, pour d'obscures raisons qu'il ne tenta pas d'analyser. Il ne faisait confiance qu'à sa main. Il était un manuel plus qu'un intellectuel, contrairement aux apparences, un individu très *physique*, il créait moins avec son esprit qu'avec son corps, tout entier rassemblé dans cette extrémité préhensile. Tout reposait sur cette fidèle ouvrière. Rien ne saurait la remplacer. Il essaya de tenir le stylo dans sa main gauche et d'esquisser les lettres du nom. Le résultat fut catastrophique, des lettres tremblées, mal assurées, trop grosses et grossières, débordant des lignes. Une écriture impossible. Une lisibilité limite. Un débit trop lent. Il ne fut pas fier de lui. Aussi prit-il la décision de s'entraîner un peu chaque jour, régulièrement, à compter du lendemain, pour devenir ambidextre dans les meilleurs délais. La prévoyance était l'une de ses plus solides qualités.

Satisfait de sa matinée (il recompta plusieurs fois les pages accumulées et se félicita de la qualité comme de la quantité obtenues), il mit fin à la séance. Vers le début de l'après-midi, après avoir déjeuné d'un plat unique mais copieux de pâtes fraîches à la sauce tomate et d'un grand café noir, il se décida à sortir. C'était la bonne heure. Sa vie était bien réglée ; il avait voulu cette régularité qu'il espérait productive. Matin : écriture ; après-midi : lecture ou sortie en ville, pour rejoindre l'un de ces lieux obligés de son errance (centre commercial, librairies, bibliothèques, brasseries) ; soir : cinéma ou cassette de film au magnétoscope ou télévision. Il vivait dans une relative solitude - qu'il espérait productive elle aussi. Son appartement lui était une cellule monacale où il survivait grâce au petit héritage de son oncle décédé : en menant une vie prudente et économe, en limitant à l'essentiel les dépenses, le pécule serait suffisant pour rester un an sans travailler. Il n'en demandait pas plus.

Dans la chambre il se défit de ses vêtements, laissant choir sur la moquette son vieux chandail troué aux coudes, sa chemise élimée, son pantalon informe et d'un bleu approximatif. Il mit ensuite son uniforme d'écrivain. Ou plus exactement, il quitta sa tenue d'*écrivain d'intérieur* pour revêtir sa tenue d'*écrivain d'extérieur*. Il quitta les habits fonctionnels et laids qui lui permettaient, à l'abri de tout regard, d'écrire avec aisance et confort, pour endosser ceux (avec lesquels il n'aurait pu écrire) qui n'étaient destinés qu'à le faire *paraître* écrivain en public - ou qui du moins matérialisaient l'image qu'il se faisait d'un écrivain et voulait en donner aux autres. En quelque sorte, il possédait deux panoplies complètes d'écrivain : l'une pour écrire, l'autre pour sortir. Il suffisait de passer de l'une à l'autre selon le programme du jour.

Noir, blanc, gris – telle était la gamme de ses vêtements de sortie. Il ne voulait plus de couleurs vives, plus de couleur du tout, sauf un peu de rouge (ou de violet ou de mauve) parfois, un point par-ci, par-là, une virgule, une légère étoffe, qu'il associait à ses vêtements sombres. C'était une ligne de conduite, un choix qui venait du fond de son être. D'ailleurs n'écrivait-il pas en noir, en noir sur blanc, refusant toute encre de couleur, tout papier de couleur ?

Noir, blanc gris. Le dégradé infini des gris, la gamme subtile des tons intermédiaires. L'élégance de l'absence de couleur. Même son écharpe était grise, de plusieurs nuances. La ceinture de cuir noir, la boucle d'acier gris. Jamais de doré, quelle horreur ! Des bottines noires. Une veste grise. Un pantalon noir. Une chemise blanche, souvent, mais le blanc n'est que l'envers du noir, son complément naturel. Et même en noir ou blanc les chaussettes, les sous-vêtements, même le non-visible, par souci de cohérence. Le refus de la couleur, de l'étalage vulgaire et blessant de la couleur. Une école de rigueur, de sobriété. L'accord avec son âge aussi, qui avait parsemé sa barbe et ses cheveux de blanc et de gris, de poivre et de sel. Il aurait aimé que la vie entière, que la ville entière, son décor et ses personnages, soient en noir et blanc, comme aux premiers temps du cinéma, comme aux commencements de l'image animée. Chaque jour, tout au long de la rue qui menait au centre commercial, puis dans le centre même, il se retournait sur les hommes qui le croisaient, il se retournait sur sa vie passée. Et s'étonnait. Comment avait-il pu lui aussi se vêtir, se revêtir de couleurs ? Comment avait-il pu leur ressembler, à ces hommes agités et criards, ces perruches, ces oiseaux bariolés, et si peu à lui-même ? Comment avait-il pu porter autant de bleu et de vert et de brun ? Comment avait-il pu mettre à son cou ces cravates multicolores et violentes ? Et d'abord, comment avait-il supporté ces cravates ? C'était son ancienne vie, si récente et si lointaine, une vie où l'on est obligé de porter une cravate, pour ne pas être remarqué défavorablement. Une vie où l'on ne fait rien de soi-même, rien par soi-même. Une vie qui vous est dictée, et que l'on recopie sans faute, pour être bien considéré. Cela datait seulement de quelques semaines, avant qu'il ne donne son congé, avant qu'il ne quitte tout pour mener une existence d'écrivain, ou du moins de quelqu'un qui en adopte l'emploi du temps et les signes extérieurs, qui ne fait qu'écrire tout le matin et passe le reste de la journée à errer dans la ville.

Il sortit de l'appartement, il sortit de l'immeuble, et fila dans une brasserie proche de la gare pour boire de la bière. En accord avec la saison, il opta pour la Guinness, en commanda plusieurs et resta devant son verre, à rêver doucement de son œuvre à venir dans l'état euphorique du léger alcool, jusqu'à la tombée de la nuit.

Trois

Le lendemain il découvrit, à relire ses pages de cahier, que depuis l'avant-veille (jour de sa divine inspiration), il écrivait sans la moindre rature ; aucun mot, aucune lettre même, n'étaient biffés, rayés et remplacés par d'autres signes au-dessus ou au-dessous, entre les lignes ou dans la marge, comme dans les premiers temps difficiles de son écriture (ses années d'apprentissage), quand il accumulait des cahiers innommables, cochonnés, salopés, torchés, pleins de repentirs, de croix ou de hachures en travers de paragraphes entiers, les marges bourrées de variantes, de notes, de flèches, de renvois. Il ne savait alors vraiment pas où il allait. Il n'avait pas les idées claires. Il avançait d'un pas pour reculer de deux. Plus il écrivait, moins il écrivait. En un mot comme en cent, le résultat n'était pas beau à voir. S'il avait rendu de pareils cahiers à l'école, son institutrice qui avait toujours conservé une bonne opinion de lui (et qui même, consciente des capacités de l'enfant, se montrait persuadée qu'il *irait loin*) n'en serait pas revenue ; le premier moment de surprise ou de stupeur passé, elle lui aurait au moins infligé un zéro, ou un coup de règle sur les doigts, voire une retenue, des heures de colle, et peut-être serait-elle allée jusqu'à convoquer les parents pour leur montrer ce torchon, cette porcherie de cahier, la honte de la classe. L'auteur frémit à cette simple évocation. Or, du jour précis où le thème et le sens de son œuvre lui étaient apparus, depuis qu'il avait dans une illumination inventé le nom, le mot de base qui représentait le moellon élémentaire à partir duquel bâtir son œuvre (cet assemblage de moellons semblables), le cahier était propre et net - mis à part les pages datant d'avant ce jour béni, qu'il détachait maintenant du cahier à spirale et glissait à la corbeille. A coup sûr il avait bien évolué depuis ses débuts difficiles, passant sans transition de la recherche brouillonne à la maîtrise des grands artistes.

Il conclut donc logiquement qu'il pouvait désormais se dispenser de l'étape du cahier, l'étape manuscrite - qui dans son processus d'écriture avait tenu depuis toujours le rôle de brouillon, de premier jet - pour taper directement sur le clavier de l'ordinateur. La version initiale et la version finale ne feraient plus qu'une. Le gain de temps serait considérable. Aussitôt dit, aussitôt fait. Changeant de table de travail, sautant de l'une à l'autre et de gauche à droite dans un élan d'enthousiasme, il alluma l'ordinateur et l'imprimante. Il ouvrit une page vierge sur l'écran (un document Word) et s'apprêta à saisir le texte en *Times New Roman* corps douze, son caractère de prédilection, double interligne, marges de quatre. Considérant le clavier de type AZERTY, il trouva dommage que celui-ci offrît autant de touches alors que quatre d'entre elles (plus la barre d'espacement et le retour pour l'alinéa) suffisaient amplement à la saisie de son œuvre : sur les trois rangées de lettres, de haut en bas et de gauche à droite – la sixième touche troisième rangée, la septième touche première rangée, la troisième touche première rangée, la neuvième touche deuxième rangée. Le degré d'usure et de saleté de ces quatre touches serait bientôt tel, pensa-t-il, qu'un observateur habile pourrait reconstituer le texte (sauf l'ordre des lettres entre elles) comme un cambrioleur expérimenté sait retrouver la combinaison d'un coffre-fort en examinant l'état des boutons des chiffres. Il commença son travail, tapa le mot, appuya sur la barre d'espace, tapa encore le mot, appuya encore sur la barre d'espace et ainsi de suite jusqu'à ce qu'il eût rempli une ligne, puis deux, puis trois lignes. Sur l'écran, il visualisait son texte, sous une forme certes immatérielle, mais qui lui donnait une image proche de la future forme imprimée. Le travail sur ordinateur lui fut très profitable, grâce aux commodités extraordinaires du traitement de texte. La technique fut son alliée dans ses projets d'écriture. Il redécouvrit avec délices les ressources de la fonction *copier/coller* : sélectionnant le nom (par un double clic sur le bouton gauche de la souris) ou un groupe, une ligne, un paragraphe du nom, il le copiait dans le presse-papiers puis le plaçait après le dernier mot, à la suite, autant de fois qu'il le jugeait nécessaire. À mesure que le texte croissait et multipliait, il suffisait de remplacer la première sélection par une nouvelle sélection plus longue pour la reproduire sur la page et augmenter ainsi la vitesse de progression. Ces opérations successives d'accroissement automatique de la masse imprimée lui permirent de gagner un temps considérable : au Moyen Âge il aurait dû employer une armée de scribes pendant plusieurs années pour abattre le travail qu'il effectua seul en deux heures. Le progrès n'est pas une illusion, conclut-il. Quelques jours devraient lui suffire, calcula-t-il, pour venir à bout de ses œuvres complètes qu'il évaluait, pour faire bonne mesure, à quatre-vingts volumes.

Avec les machines modernes, il devient tellement facile d'être un écrivain. Déjà l'amélioration générale des conditions de confort, la généralisation de l'électricité, source de lumière et de chauffage, ont grandement facilité le travail des auteurs : que l'on songe un instant à nos grands classiques, Molière, La Bruyère, La Rochefoucauld et consorts, contraints d'écrire à la clarté faible et tremblotante d'une bougie, plusieurs couvertures sur les épaules, un bonnet de laine sur la tête, des mitaines aux mains, dans des salles traversées de courants d'air glacés comme la mort ; il faisait parfois si froid que l'encre gelait. Autrefois, les écrivains devaient déployer une énergie extraordinaire pour créer une œuvre, la réécrire encore et encore jusqu'à l'achèvement. On parlait à juste titre de *forçats de la plume*. Les temps ont bien changé, heureusement ; les jeunes générations ont une fâcheuse tendance à l'oublier. La technique supplée aujourd'hui le défaut d'énergie. Le traitement de texte, permettant de corriger, d'ajouter, de supprimer, de déplacer à volonté des morceaux de texte, en est la meilleure illustration. L'année précédente, l'auteur s'était offert un autre instrument, bien pratique, un petit appareil enregistreur qui tenait dans sa poche. Lorsqu'il avait une idée de nouvelle, une phrase prête, un jeu de mots, ou un aphorisme qu'il avait tourné sept fois de suite dans sa bouche, il prenait en main l'appareil ; celui-ci se déclenchait à la voix. C'était une mémoire auxiliaire, mécanique et fiable, toujours disponible. Le soir, réécoutant les enregistrements, il relevait au clavier le meilleur de sa dictée. Tous ces instruments, de plus en plus miniaturisés et performants, étaient au service de l'écrivain, lui facilitaient la tâche, lui faisaient gagner du temps et de l'efficacité. Même fatigué, même déprimé, il n'avait plus aucune excuse pour ne pas écrire.

Ces réflexions ne l'empêchaient pas de poursuivre l'avancée de son œuvre. Il s'aperçut qu'il pouvait désormais écrire en pensant à autre chose, l'esprit ailleurs, ce qui était un phénomène nouveau : l'écriture avait jusqu'alors requis une mobilisation de tout son être, une concentration douloureuse, se traduisant par une rougeur intense du visage, des maux de tête et des douleurs dorsales ; il œuvrait maintenant d'une manière dégagée. Le nom couvrait des pages entières. Le texte courait d'une page à l'autre. Un texte parfaitement ordonné, calibré, chaque ligne exactement semblable aux autres, aux précédentes comme aux suivantes, alignée à droite comme à gauche par la justification. Les mots étaient rangés les uns au-dessous des autres, formant des colonnes de largeur constante séparées par des espaces blancs, eux aussi de largeur strictement égale. Et les espaces blancs formant des couloirs verticaux, depuis le haut jusqu'au bas de la page, croisaient les espaces blancs horizontaux (entre les lignes) et composaient avec ceux-ci un maillage d'une régularité parfaite, une trame. Vue de loin, la taille décroissante des lettres ne permettant plus la lecture, la page écrite devenait une sorte de dessin d'une pureté géométrique, une planche technique, un intérieur de machine avec ses composants égaux et juxtaposés.

Il s'amusa à changer, par-ci, par-là, la police de caractères, le corps des lettres, mit quelques-uns des mots en gras, ou en italiques, les souligna, les encadra. Il composa un paragraphe en gothique. Il voguait sur les pages. Avec le curseur, il se posait sur le champ régulier des mots, sur la vague du mot, toujours le même, toujours recommencé. Le texte obéissait aux manœuvres du logiciel et se transformait selon les caprices de l'auteur comme une matière malléable entre les mains d'un sculpteur. Ce n'était qu'un jeu, et il rétablit le texte primitif, dont il aimait le caractère égal et austère, l'absence de fantaisie, cette uniformité qui lui semblait fondamentale et qui donnait son sens à l'œuvre. Celle-ci devait rester dans le *même* et s'en accroître. L'auteur baignait dans une sorte d'*élément*, unique et infini, un élément qui ne demandait qu'à s'étendre, à se multiplier à l'identique, doté de capacités infinies de reproduction car celles-ci ne connaissaient pas ces limites de l'œuvre littéraire que sont la mémoire et l'imagination, ces deux mamelles vite stériles. Il avait remplacé la mémoire et l'imagination par la mécanique, le littéraire par le linéaire ; ainsi, l'œuvre pouvait se développer, sans temps mort, sans retard, à une vitesse croissante. C'était l'ivresse de créer en avançant, sans avoir à retourner sur ses pas pour se relire et se corriger, l'ivresse de créer en marchant, comme on vit, sans retour, sans la moindre possibilité de revenir sur sa vie et de la refaire. Et, en même temps, la satisfaction de laisser des traces, de les accumuler, de les capitaliser.

Il était l'auteur éponyme, il avait donné son nom à son œuvre, comme Amerigo Vespucci donna le sien à l'Amérique, et Christophe Colomb à la Colombie. Il n'écrirait plus autre chose et ferait du nom la matière de son œuvre. Tout devenait simple et clair, tracé devant lui. On raconte que les mystiques, lorsqu'ils ont eu leur vision ou leur révélation, savent ce qu'ils ont à faire ; Jacob Boehme, le philosophe teutonique, écrivit ainsi des milliers de pages sans désemparer, dans un état d'extase, sans corriger aucunement ce qu'il transcrivait avec facilité. De même, l'auteur avait son œuvre en tête ; il ne restait qu'à la matérialiser. Par sa fonction statistique, l'ordinateur lui fut encore d'un grand secours : à tout moment de l'écriture, il avait la faculté de connaître le nombre des caractères, mots, lignes, paragraphes et pages. Ainsi avait-il une idée comptable de son travail, un point objectif de son avancée, regrettant seulement que le logiciel ne le renseigne pas également sur le nombre de mètres linéaires, indicateur plus révélateur du chemin parcouru. Sachant qu'une ligne imprimée, compte tenu des marges choisies, mesurait treize centimètres, une page de vingt-cinq lignes couvrait trois mètres et vingt-cinq centimètres, et l'œuvre se calculerait bientôt en kilomètres !

Celle-ci se divisait en deux genres différents, quasiment antagonistes.

Écrivant le nom à la suite, chacun des mots séparé par un simple espace de celui qui précède et de celui qui suit, il en fit des lignes complètes, des alinéas plus ou moins massifs et longs initiés par un retrait conventionnel à droite à la première ligne, des chapitres de plusieurs pages, de plusieurs dizaines de pages. C'était son œuvre en prose, qui compterait bientôt de nombreux volumes.

Écrivant le nom seul sur chaque ligne, centré, ou aligné à gauche, ou bien l'écrivant en séries comptées, de nombre égal ou inégal, mais laissant en toute hypothèse du blanc à la fin de chaque ligne, il composa des poèmes.

Des poèmes réguliers et classiques ; des poèmes irréguliers, en vers libres. Des alexandrins, six unités du nom formant douze pieds. Des décasyllabes, des octosyllabes, des demi-alexandrins, des tétrasyllabes, des vers de nombre pair, multiples du nom dissyllabique. Pour obtenir un vers de nombre impair, il devait couper par une césure en son milieu le nom qui se prolongeait sur la ligne suivante. C'était son œuvre poétique, qui compterait aussi bientôt de nombreux volumes.

En tout cas, en moins d'une heure, il eut torché un livre ! Puis un deuxième ! Le premier de prose, le second de poésie. Voilà qui le rachetait de toutes ces années passées à noircir du papier pour rien.

Dans cette euphorie de la facilité (voisine du vertige de la fuite en avant), il ne rencontra qu'un seul problème, celui du titre. L'œuvre n'étant composée que du nom et de sa répétition mécanique, quel autre titre lui donner que ce même nom ? C'était logique. Il n'y avait pas d'alternative. Il porta donc le nom en titre sur la première page du manuscrit, écrit, comme dans le corps du texte, tout en minuscules – mais en lettres d'un corps plus gros néanmoins, et en gras, selon l'usage répandu dans l'édition. Le titre était centré sur la page, en dessous du nom propre de l'auteur écrit, lui, à la suite du prénom composé, avec une majuscule à la première lettre, ainsi que le prévoit la règle grammaticale pour les noms propres. Aucun lecteur, même animé par la plus mauvaise foi du monde, ou affligé d'une vision approximative, n'aurait pu confondre le nom de l'auteur et le nom de l'œuvre, grâce à cette différence d'ordre typographique, cette différence de traitement de l'initiale. Tout était clair. La difficulté n'existait pas pour le premier manuscrit ; elle naissait à partir du deuxième. Car le titre promettait d'être le même d'un livre à l'autre. Et le titre était effectivement déjà le même pour les deux œuvres qu'il venait de composer. Comment distinguer le roman du recueil de poèmes, qui portaient tous deux le même titre, sans être pour autant le même ouvrage (et loin s'en faut), ne serait-ce que par la différence du nombre de pages ou la disposition dissemblable des mots sur la page - la présence visuelle de trous dans le texte (ou de larges espaces blancs à chaque ligne) marquant la poésie, l'absence de trous (ou le caractère compact de la prose) révélant l'espace romanesque ? Le risque fâcheux de confusion fut résolu par l'apposition en dessous du titre, en caractères plus petits, et en italiques, de l'indication du genre de l'ouvrage : *roman* ou *poésie*. Mais cette solution ne valait que provisoirement, en l'état actuel de la production, car il n'avait encore créé qu'*un* roman et *un* recueil de poèmes. Qu'adviendrait-il lorsqu'il aurait achevé plusieurs ouvrages du même genre ? Et plusieurs ouvrages dans plusieurs genres ? Comment distinguer, par exemple, le premier roman du deuxième ou du troisième, qui porteraient tous a priori les mêmes indications ? Idem pour les recueils de poèmes successifs. Comment s'y reconnaîtraient les lecteurs, et les éditeurs, les diffuseurs, les distributeurs, les libraires chargés de la commercialisation des livres, les bibliothécaires chargés de leur inventaire et de leur classement ? Si le problème ne se posait pas encore, il n'allait pas tarder à apparaître, vu les performances nouvelles de l'auteur, sa capacité de production, sa rapidité et son efficacité phénoménales. Il se promit d'y réfléchir ; mais la difficulté, subodorait il déjà, se résoudrait peut-être par l'adjonction d'un numéro d'ordre, en chiffres arabes (1, 2, 3...) ou romains (I, II, III ...) à la suite de chaque œuvre dans chacun des genres considérés. On obtiendrait ainsi des *séries* dont chacun des éléments serait aisément identifié, revêtu d'un numéro de codification internationale et d'un code-barres différents.

La matinée avait été très productive. Les pages issues de l'imprimante laser, refroidies et amoncelées sur un coin de la table, l'attestaient. Il était fier de lui. Pour se distraire de cette activité - dont la dimension répétitive, comme celle d'un travail *aux pièces*, ne lui échappait pas – il s'accorda une récréation. Il inventa un exercice littéraire, une variation, la composition d'une sorte de poème absurde constitué par les multiples combinaisons des quatre lettres du nom, qu'il écrivit à l'envers et dans le désordre. Mais combien en existait-il ? Sur une feuille de papier il releva l'ensemble des possibilités, en usant de méthode : les six combinaisons lorsque la première lettre reste à la même place, les six combinaisons lorsque la deuxième lettre passe à la première place, les six combinaisons lorsque la troisième lettre passe à la première place, les six combinaisons lorsque la quatrième lettre passe à la première place. Il obtint au total vingt-quatre mots, dont le nom originel, ainsi qu'une seule anagramme répertoriée dans le dictionnaire (*lune*) – soit vingt-deux mots nouveaux inédits. Puis il les assembla au gré de sa fantaisie, créant un texte qui n'existait en aucune langue, de lecture déroutante et d'articulation acrobatique. Un programme d'ordinateur, pensa-t-il, qui délivrerait ces combinaisons dans un ordre aléatoire créerait des poèmes à l'infini. Il les créerait sans plus aucune intervention humaine. Cette perspective le plongea dans une rêverie abyssale.

Oubliant ce jour-là le boire et le manger, oubliant même la pause café, il poursuivit sa séance jusqu'à plus de quinze heures. Puis il se prépara pour sortir. Ce jour était la date limite, venait-il de vérifier, pour rendre trois livres empruntés à la bibliothèque, des livres qu'il n'avait pas eu l'envie ni le courage de lire. La perspective de payer une amende pour retard, fût-elle réduite à la somme ridicule de quinze centimes par jour et par ouvrage, lui était insupportable et le décida à affronter le froid hostile du dehors. La rue des Cuirassiers, qu'il remonta, avait retrouvé son calme, les travaux de démolition d'une passerelle piétonne provisoirement suspendus. Un souffle d'air glacial s'engouffrait dans l'axe. Le ciel était composé de gris dans sa partie orientale, de bleu de l'autre côté, sans ligne de démarcation précise mais avec une répartition quasi égale des deux couleurs. Parvenu devant le centre commercial, à l'endroit où la rue tournait à angle droit pour rejoindre le centre-ville, il obliqua sur la droite vers la bibliothèque municipale. Elle apparut, massive, avec son haut silo aux façades aveugles et noires, et l'immeuble de verre plus bas des salles de consultation.

Après avoir fait la queue à la banque « Retour » pour rendre les trois ouvrages, il fit le tour des diverses salles de la bibliothèque. Elle était bondée. Partout, des lecteurs attablés, la tête baissée, les avant-bras posés de part et d'autre de livres ouverts, suivaient les lignes des yeux. C'étaient des livres fortement reliés et de tranche épaisse, bourrés de pages aux lignes serrées, au bas mot des livres de cinq cent pages de trente lignes chacune, environ quinze mille lignes. Et, on avait beau lire (il parcourut rapidement deux ou trois ouvrages abandonnés sur une table), dans chacun de ces livres, il n'y avait pas deux phrases pareilles. Chaque phrase était une création originale et ne servait qu'une fois. Chaque phrase avait demandé un nouvel effort intellectuel. Leurs auteurs étaient peut-être des génies, mais ils avaient dû suer sang et eau, et perdre des milliers d'heures à composer, écrire, réécrire, corriger ces chefs-d'œuvre. Quelle force de caractère ! Quelle constance ! Il en était admiratif. Mais dans le même temps, l'idée de leur calvaire l'écrasait et l'épouvantait. Il se félicita *in petto* de sa trouvaille qui lui permettait de concevoir et d'achever ses propres œuvres en deux temps trois mouvements.

La bibliothèque, la plus importante de la région, contenait des millions d'ouvrages. Des livres contemporains et des temps anciens, des siècles passés suivant l'invention de l'imprimerie et quelques-uns plus vieux encore, manuscrits et enluminés, des livres de ce pays et de pays étrangers. Chaque volume était une réserve immense de mots plus ou moins savamment ordonnés, un ensemble de pages remplies à profusion, impossibles à lire tant elles étaient nombreuses, écrites en toutes les langues, parfois en des langues déjà mortes. Et la bibliothèque, toute immense qu'elle fût, ne contenait qu'une partie infinitésimale du volume de la chose imprimée à travers les siècles et le vaste monde. Une goutte d'eau de l'océan. Gutenberg avait accouché d'une monstruosité. Gutenberg avait accouché de milliards de livres qui nous écraseraient sous leur poids. On était devant la culture comme un marin en haute mer, au cœur d'un élément immense et contraire, inassimilable. La lecture était un acte dérisoire. Le temps même ne servait à rien. Presque tout ce qu'on a lu, pensa-t-il, à force d'heures perdues, et même relu, voire appris par cœur à un moment donné de notre histoire, la mémoire le laisse passer entre ses mailles. Elle s'ouvre sur le vide. On croit que la mémoire conserve, alors qu'elle travaille à éliminer, à effacer, elle libère sans cesse de la place pour les nouveaux ouvrages que nous lisons et que nous oublierons bientôt.

Il s'échappa de la bibliothèque sans demander son reste et passa la fin de l'après-midi à hanter les travées du centre commercial, évitant soigneusement la librairie du deuxième étage. Quand il en sortit, la nuit avait effacé les couleurs du ciel.

Quatre

En trois jours, l'auteur avait trouvé sa voie. Les nouveaux manuscrits empilés près de l'imprimante le prouvaient concrètement. Mais si rapidement et si facilement composées qu'elles aient pu l'être, ces œuvres n'en restaient pas moins *secrètes*. Une œuvre n'existe pas tant qu'elle n'a que son auteur pour lecteur. La littérature est destinée à être lue, sinon elle n'est que de l'écriture, de la copie pour personne, du soliloque sur papier, du *fond de tiroir*. L'inédit est lettre morte. Les œuvres créées les jours précédents, encore *invisibles*, (des textes confinés dans des cahiers manuscrits, sur des feuilles imprimées entassées sur un coin de la table, enterrés immatériels dans la mémoire centrale de l'ordinateur et dans les disquettes de secours) ne valaient guère plus que si elles n'avaient pas été conçues. Elles n'étaient pas sorties de l'appartement, ni même des neuf mètres carrés du bureau. L'auteur n'avait donc fait que la moitié du travail, qui est d'écrire ; l'autre moitié restait à effectuer, qui est de diffuser le produit de sa création. Le quatrième jour, il se mit en quête d'un éditeur.

Mais dans un premier temps, et comme un préalable, il sacrifia à une pratique rituelle largement répandue parmi la tribu des écrivains et qui contribue également au commerce des lettres : les envois aux revues littéraires. Dans un petit classeur qu'il tira d'une étagère, il retrouva une liste de soixante-dix publications périodiques, une liste régulièrement mise à jour des meilleures revues de littérature en France et dans les pays francophones, essentiellement la Belgique, le Canada, la Suisse et le Luxembourg. Elles étaient classées dans l'ordre alphabétique par titre, suivi du nom du directeur de la publication, de l'adresse, de la périodicité. Comme les renseignements figuraient dans une base de données de l'ordinateur, il put imprimer les soixante-dix étiquettes adresses – qu'il colla une à une sur les enveloppes. Puis il tira les textes. Trois textes courts, le premier d'une page, le deuxième de trois, le dernier de sept pages. Des brèves. Des extraits calculés qui formaient un tout. Le nom était le titre. Le nom en nombre était le texte. N'oubliant pas de joindre une courte lettre circulaire d'accompagnement avec ses coordonnées complètes, il glissa les œuvres dans les enveloppes et effectua méthodiquement ses envois. Il descendit enfin au bas de l'immeuble, remonta la rue sur une centaine de mètres, et bourra la boîte postale jaune de son *courrier départ.*

Une bonne chose de faite, prononça-t-il à haute voix, sans se rendre compte qu'il parlait tout seul dans la rue – opportunément déserte en cette fin de matinée. Mais la publication en revues, si gratifiante soit-elle, n'est qu'un préalable à l'édition qui seule compte véritablement pour un écrivain (tous vous le diront). Le plus important restait à faire : soumettre aux éditeurs un manuscrit relevant du genre le plus répandu parmi le public, et donc le plus attendu par la profession, qui lui assurerait les meilleures chances de succès. Rejetant la poésie, il opta pour le roman.

Conformément aux normes en vigueur dans l'édition, il calibra un roman de deux cent vingt pages, chacun des feuillets contenant à peu près vingt-cinq lignes de soixante signes, soit approximativement mille cinq cents signes. C'était la longueur idéale et requise, cela devrait passer comme une lettre à la Poste. Plusieurs fois par le passé il avait adressé aux éditeurs un recueil de textes courts (ces thèmes qu'il épuisait trop vite), sans succès ; certaines grandes maisons lui avaient même retourné le manuscrit sans le lire, en indiquant qu'elles ne publiaient pas de recueils de textes *séparés*. Cette fois-ci, le reproche ne lui serait pas adressé. Le texte était *d'un seul tenant*, la longueur *standard* (et sans nuire à l'ensemble il était facile, pour satisfaire aux exigences d'un directeur de collection, de l'allonger ou de la réduire) ; et on ne saurait lui reprocher non plus un manque d'unité, ni dans l'inspiration, ni dans le style. Pas de faiblesse, pas de rupture de ton, pas de digressions superflues, pas de construction boiteuse. Pas de fautes d'orthographe, pas de fautes de syntaxe, pas de fautes de goût. Une économie de moyens. Une sobriété d'expression radicale. Pas un mot plus haut que l'autre. La critique ne trouverait pas d'angle d'attaque (tout au plus relèverait-on le caractère un peu obsessionnel du thème central et unique). Il avait été pénalisé jusque-là par le *disparate* et le *fragmentaire* de ses écrits, par la complexité de sa pensée difficile à exprimer sous une forme claire ; une ère nouvelle s'ouvrait pour lui. L'euphorie et la confiance, ces doux sentiments qui l'avaient quitté depuis tant d'années, qui s'étaient usés sur les refus et les silences des éditeurs, se réinstallaient en lui.

De plus (argument supplémentaire de nature à le rassurer, car il savait la frilosité des éditeurs), la censure ne trouverait pas de prise sur cette œuvre. Rien qui soit contraire à la bienséance et aux bonnes mœurs ; aucune attaque contre les grandes institutions, civiles ou religieuses ; aucune critique de la société. Aucune trace de racisme, d'homophobie ou de misogynie. Révolutionnaire seulement dans son principe littéraire, elle ne contestait rien de l'ordre social et ne mettait en scène aucune personne qui aurait pu se reconnaître présentée sous un jour défavorable. On ne voyait guère à qui elle pouvait faire du tort. Quel autre auteur aurait ainsi pu garantir à son éditeur une absence de procès ?

Le manuscrit était prêt, les deux cent vingt pages fraîchement sorties de l'imprimante laser qui n'avait heureusement donné aucun signe de faiblesse. Sur la première page figuraient - outre le titre de l'œuvre suivi du mot *roman* en italiques - son prénom et son nom, son adresse postale, son numéro de téléphone fixe, son numéro de téléphone portable, son adresse électronique, comme si ces multiples façons de le joindre augmentaient les chances de réponse.

Quelle stratégie employer ? Pour gagner du temps et de l'argent, il pensa d'abord à démarcher les éditeurs *à l'américaine*, par l'envoi d'un synopsis et d'un extrait caractéristique du manuscrit, quelques *bonnes feuilles*. Mais si pour ces dernières il n'avait que l'embarras du choix, toutes les pages étant semblables donc interchangeables, que mettre en revanche dans le synopsis ? Comment résumer cette œuvre originale ? Comment en rendre compte ? Elle ne racontait pas une histoire ; il n'y avait pas de progression dramatique. Pas de personnages. Pas de descriptions. Pas de scènes d'action. Ni érotisme ni humour, ni cet excès de violence qui caractérise les œuvres actuelles. Difficile d'y trouver un suspense, un rebondissement, des péripéties, un dénouement, un *deus ex machina*. L'intrigue se réduisait à l'énoncé répétitif du nom, à sa production en série, à son déroulé machinal.

Il jugea par ailleurs (l'auteur est le mieux placé pour le penser et le sentir) que son œuvre ne saurait sans dommage être morcelée ; en donner un extrait, c'était la mutiler, la trahir. Il feuilleta le manuscrit, où le texte ininterrompu courait de la première à la dernière page, sans être divisé en chapitres, ni même en paragraphes. Aucun retour à la ligne. Aucune ponctuation n'introduisait de divisions artificielles, de pauses pour l'œil ou le souffle. Le texte s'étendait sans solution de continuité, sans commencer par une majuscule ni se terminer par un point, la première lettre du premier mot de la première page alignée sur la marge gauche, la dernière lettre du dernier mot de la dernière page alignée sur la marge droite. Rien que le mot répété, à perte de vue, le train de mots, l'un derrière l'autre à la queue leu leu, séparé du suivant et du précédent par un simple intervalle d'un espace. On comptait soixante-cinq mille deux cent dix-huit unités du mot et, selon la théorie des intervalles, seulement soixante-cinq mille deux cent dix-sept espaces blancs intermédiaires.

Non, cette œuvre n'était pas divisible, elle ne pouvait être découpée en rondelles comme un vulgaire saucisson. Elle était le produit de deux données : l'élément de base (la molécule du nom, composée des quatre atomes des lettres, irréductible) et le nombre savant de sa répétition. C'est dans le nombre et par le nombre que naissait l'œuvre, par la variation du nombre que l'auteur créait des genres différents : un poème en prose, un roman, une saga, une épopée. Toutes œuvres qui, de longueur différente, prenaient leur dimension et leur identité dans l'intégralité de leur espace, comme dans l'intégralité de leur temps, dans la *durée* de leur lecture. Il jugea donc que les éditeurs, pour avoir une vision objective de son travail, devaient recevoir le manuscrit complet. Cela coûterait certes assez cher en affranchissement, mais le jeu en valait la chandelle, il convenait de mettre toutes les chances de son côté. On n'a rien sans rien.

Dès lors, chassant impitoyablement toute pensée de nature à le retarder, il se concentra sur les tâches matérielles. Le reste de la journée jusqu'au soir fut un seul temps d'activité pure qu'il passa alternativement au-dedans et au-dehors de son domicile, en d'incessants allers et retours. Il devint une machine en mouvement. Le manuscrit folioté dûment vérifié (de peur qu'une page n'y manque), le programme des opérations fut dans l'ordre le suivant : établissement d'une liste des soixante-dix éditeurs de littérature les plus importants sélectionnés grâce à des annuaires spécialisés (il en possédait une collection dans sa bibliothèque, parmi d'indispensables ouvrages pratiques) ; commande auprès d'une société de reprographie de soixante-dix copies du manuscrit reliées par un procédé de thermocollage pour l'après-midi même ; achat dans une papeterie de soixante-dix chemises cartonnées et de soixante-dix enveloppes kraft solides et de format idoine ; libellé manuel de ces mêmes enveloppes, recto (adresse de l'éditeur) et verso (adresse de l'expéditeur) ; achat de timbres-poste en quantité suffisante ; écriture à la main, par correction, d'une lettre originale d'accompagnement, courte, neutre et polie comme le recommandent tous les guides pratiques à l'usage des auteurs cherchant un éditeur, et recommencée soixante-dix fois ; récupération auprès de la société de reprographie des exemplaires photocopiés et reliés du manuscrit ; mise sous chemise et sous enveloppe des manuscrits et des lettres ;

clôture des enveloppes par le rabat autocollant, renforcé par une bande de ruban adhésif transparent, précaution assurément superflue mais attestant d'un souci maniaque de l'auteur ; timbrage ; puis envoi le même jour (mais à différents moments de l'après-midi pour laisser le temps aux services postaux de vider la boîte rapidement saturée) des soixante-dix exemplaires de l'œuvre aux soixante-dix éditeurs retenus. À l'heure de la dernière levée il fit une courte prière, invoquant le saint patron des auteurs inédits. Ouf ! Un sacré travail. Peu d'entreprises individuelles auraient pu se vanter d'une telle efficacité. Sur un petit carnet acheté spécialement à cet effet, il avait écrit la date du jour, puis le nom de tous les éditeurs contactés, en laissant une marge importante sur la droite pour noter ultérieurement, au fur et à mesure, la date et le sens des réponses.

Ce frénétique travail accompli, il prit conscience qu'il avait faim, et soif. Un bref vertige le fit chanceler. Depuis le matin il n'avait rien pris, sans que son corps ait émis la moindre protestation. Il s'attabla dans un café et commanda un sandwich au jambon et une bière. Il prit tout son temps. Les conversations banales et bruyantes au bar étaient si éloignées de ses préoccupations qu'elles lui parurent incongrues. Lorsque le garçon, en lui rendant la monnaie, lui fit une remarque qui ressemblait à une question, il se contenta de sourire, sans chercher à comprendre. Puis il partit, laissant toutes les pièces sur la table, à côté de la petite note déchirée.

C'est au retour, en passant par le hall de l'immeuble, qu'il se souvint que depuis le matin, complètement occupé et obsédé par ces activités, il avait négligé de relever sa boîte aux lettres. Il l'ouvrit. Elle contenait de nombreux imprimés publicitaires sur papier glacé, aux couleurs vives, aux caractères énormes - qu'il déposa sans les lire dans la corbeille à papier de l'entrée. Une lettre isolée s'y trouvait aussi. Une lettre à en-tête d'une maison d'édition. Il la décacheta sur place, dans le hall violemment éclairé, devant la boîte encore ouverte sur laquelle était accroché son trousseau de clés, debout, au vu et au su de tous, entre un grand miroir mural réfléchissant sa silhouette et la porte d'entrée vitrée qui offrait le spectacle de la rue.

Il déchira l'enveloppe à fenêtre à travers laquelle apparaissaient son nom, son prénom, son adresse, sur trois lignes placées conventionnellement en haut et à droite de la page, entre la date et la formule d'appel. Un coup d'œil porté sur la dernière phrase fut suffisant pour en prendre connaissance. Elle ne disait que des choses banales et convenues, prévisibles, cette lettre, elle ne méritait d'ailleurs même pas cette appellation, ne consistant qu'en une vague circulaire, une de ces circulaires courantes par lesquelles les maisons d'édition signifient leur refus en usant de l'une de ces formules neutres et commodes (*Votre manuscrit n'entre pas dans le cadre de nos collections* ou *Votre manuscrit ne peut s'insérer dans notre programme éditorial* ou *L'unanimité ne s'est pas faite autour de votre texte au sein du comité de lecture et nous sommes désolés de ne pouvoir en envisager la publication*) qui dispensent de parler de l'œuvre elle-même et de blesser inutilement la susceptibilité de l'auteur. C'était l'une de ces lettres interchangeables, pour n'importe quel auteur, pour n'importe quel manuscrit. Le titre de l'œuvre n'était pas même cité (probablement un oubli du secrétariat), ni dans les références, ni dans le corps de la réponse. Il y avait seulement un numéro d'enregistrement, une indication alphanumérique ésotérique, un codage pour initiés, propre à identifier rapidement le manuscrit parmi la masse de ses compagnons d'infortune si l'auteur en réclamait le retour (en joignant à sa demande, conformément aux prescriptions de l'éditeur, une grande enveloppe suffisamment affranchie) ou venait aux bureaux le récupérer. Le refus ne s'appliquait pas à l'œuvre - l'avait-on lue seulement ? - il ne s'appliquait qu'à lui, *nommément* cité dans le coin supérieur droit de la lettre.

Mais cette réponse décevante concernait un vieux manuscrit ; tout cela appartenait désormais au passé et d'autres lettres comme celle-ci viendraient encore s'échouer dans sa boîte comme des épaves rejetées par les marées longtemps après le naufrage. Il jeta la lettre un peu froissée et l'enveloppe déchirée dans la corbeille à papier, où elles rejoignirent la masse des publicités indésirables.

Il regagna son appartement au sixième étage, ferma les verrous derrière lui. Il était tard, la nuit déjà tombée depuis longtemps. Il n'avait pas vu le temps passer. Tous ces travaux de manutention dont il n'était pas coutumier, ces déplacements frénétiques l'avaient fatigué. Simultanément il ressentait le bonheur d'un travail effectif et accompli, d'un ensemble de tâches concrètes qui l'avaient sorti de la solitude et de l'intellectualisme de sa création. Il s'accorda quelques instants de repos sur le canapé de cuir vert du salon, un fond de verre d'eau-de-vie de vieille prune à portée de main sur la table basse, et, allumant le téléviseur, zappa d'une chaîne à l'autre pour rincer son œil d'images débilitantes.

Tout alla bien au début. La télévision le calmait, usait peu à peu son reste d'excitation.

Mais il ressentit bientôt une angoisse vague qui se précisa au fil des heures jusqu'à devenir une idée fixe. Il repensait à la lettre de la maison d'édition, qu'il avait détruite, à laquelle il avait cru ne pas attacher d'importance. Elle avait fait ressurgir sa vie passée difficile, tout ce qui avait précédé les quelques jours qu'il venait de vivre. La découverte du nom, et l'exploitation méthodique de sa découverte, avait créé une ligne de partage dans son œuvre : un exégète aurait, à grand renfort de commentaires savants et de glose, dissocié les manuscrits de son ancienne manière de ceux de sa nouvelle manière. Un lecteur naïf, voire analphabète, aurait fait la même chose à l'œil nu. Or, laisser derrière lui les manuscrits de sa première période, imparfaits par la forme et le fond, le gênait profondément. Il ne voulait pas que la nouvelle image qu'il venait de créer, une image d'*écrivain* originale et aboutie, soit ternie par ces œuvres qu'il jugeait *de jeunesse*, même si cette jeunesse s'était prolongée à un âge avancé de la vie. Il rechercha tous les vieux manuscrits, tous les textes épars dans le bureau, les notes, les brouillons, les rassembla et, sans les relire, s'appliqua à les détruire. Comme l'appartement n'offrait aucune cheminée propice à un autodafé de ces pages, il se résolut à les faire brûler dans la baignoire, puis il effaça méthodiquement les enregistrements sur le disque dur de l'ordinateur et sur les disquettes de sauvegarde. Ne subsistaient que ses nouvelles œuvres dont il se promit d'adresser un exemplaire dès le lendemain à la Société des Gens de Lettres de France à titre de dépôt, pour se protéger d'un éventuel plagiat. On n'est jamais trop prudent.

Cinq

Le cinquième jour commença par une question taraudante qui l'assaillit dès la sortie du sommeil, alors qu'il se tournait et se retournait entre les draps de son lit, et qui se prolongea tout au long du petit déjeuner, perturbant sa sereine ordonnance. La veille au soir il avait vu à la télévision des documentaires sur des pays étrangers, des pays où, avait-il entendu nettement avant que n'intervienne en léger décalé le doublage, des gens parlaient des langues étrangères. Des hommes et des femmes utilisaient une autre langue que sa langue maternelle. Des hommes et des femmes ne pourraient jamais comprendre ce qu'il disait, ce qu'il écrivait. Ses livres leur seraient indéchiffrables. Et cependant ils n'étaient pas loin, ils n'étaient au pire que de l'autre côté de la terre ! Les frontières constituaient pour la littérature des barrières infranchissables. L'inquiétude s'empara de l'auteur. Dès sa publication, son œuvre serait diffusée en France et dans les pays de l'espace francophone, dans ces pays seulement – et cette sphère linguistique ne représentait qu'un pourcentage infime de la population mondiale, à peine trois pour cent, une misère ! Une quantité presque négligeable. Bien que certaines langues soient encore plus minoritaires, ce n'était pas une chance d'écrire en français. Il aurait volontiers échangé sa place avec un Anglais. Et même avec un Espagnol. Et même avec un Portugais. Mais le sort l'avait fait naître sur ce sol ; il était un digne représentant du génie français. Pour atteindre le reste de la population (les quatre-vingt-dix-sept pour cent), l'essentiel du public potentiel, pour gagner un rayonnement international et s'étendre par cercles concentriques jusqu'à la circonférence du globe, pour imposer la marque du nom jusque dans les endroits les plus reculés, il fallait penser d'ores et déjà à la traduction.

Mais en combien de langues serait-il nécessaire de traduire son œuvre ? Et d'abord, combien en existait-il ? Ouvrant une encyclopédie sur ce chapitre, il découvrit abasourdi le nombre d'idiomes et de dialectes pratiqués dans le monde : *selon certains auteurs, il existerait 2500 à 7000 langues parlées, dont 90 % risqueraient de s'éteindre d'ici à 2100*. Mais toutes ne l'intéressaient pas. Il ne voulait retenir que les langues *écrites*, l'œuvre empruntant ce support, pour leurs capacités de conservation et de diffusion. Et parmi celles-ci, uniquement les *vivantes*, car les langues mortes sont bien mortes, et leurs locuteurs avec, et les uns comme les autres méritaient de reposer en paix. Le champ résiduel était encore immense. Il imagina le nombre de traductions nécessaires dans les langues écrites les plus couramment utilisées sur la terre, qu'elles relèvent des familles indo-européennes, afro-asiatiques, chamito-sémitiques, négro-africaines, ouraliques, altaïques, sino-tibétaines, dravidiennes, austriennes et caucasiques. La liste en était vertigineuse. Ainsi, pour ne donner qu'une fraction de ces langues, dans le plus grand désordre et en se limitant à celles qui groupent le plus grand nombre de locuteurs, il envisagea la traduction en chinois, anglais, hindi, espagnol, russe, arabe, bengali, portugais, indonésien, allemand, japonais, ourdou, pendjabi, coréen, telougou, tamoul, marathi, vietnamien, javanais, italien, turc, thaï... sans oublier diverses langues moins employées mais géographiquement situées dans un large espace européen : albanais, bulgare, estonien, finnois, grec, hongrois, letton, lituanien, néerlandais, norvégien, polonais, roumain, serbo-croate, slovaque, suédois, tchèque... Cette entreprise donnerait du travail à de nombreux traducteurs de tous pays et serait assurément positive pour l'économie mondiale.

Enfin, comme si ces myriades de langues ne suffisaient pas, comme si ce pullulement n'était pas déjà préoccupant, comme si la coupe n'était pas assez pleine, certains illuminés (certes doués des meilleures intentions du monde) avaient cru bon d'en inventer de nouvelles, prétendument universelles, lesquelles, au lieu de se substituer purement et simplement aux langues existantes, s'additionnaient, augmentant le nombre au lieu de le réduire, ajoutant à la confusion. Depuis le dix-huitième siècle, plus de cinq cents langues universelles ont été proposées. Mais pour l'auteur, bien qu'il portât un œil critique sur ces créations linguistiques, certaines de ces langues artificielles internationales, comme le volapük et surtout l'espéranto (qui compte plusieurs millions d'adeptes), ne devaient pas non plus être négligées. Naturelle ou artificielle, chaque langue était grosse de clientèle. Chaque véhicule ramenait du public.

Il imagina l'immensité de la tâche à accomplir. Puis il regarda le manuscrit qu'il avait composé la veille, l'ouvrit, le feuilleta. La pauvreté du vocabulaire, réduit en fait à une seule unité, serait de nature à faciliter la traduction. Mais, se demanda-t-il soudain, pourquoi traduire ? Était-ce vraiment nécessaire ? Le nom n'était-il pas intraduisible, car unique, universel, figé dans sa forme et son dessin comme une marque déposée ? Le changer serait trahir, ce serait un *changement de nom*, ce qu'il s'était toujours refusé de faire à titre personnel. Le faire paraître et apparaître sous des versions différentes d'un pays à l'autre serait un non-sens, une hérésie, car il y aurait alors plusieurs noms, l'original et les autres, les doublures, des faux jumeaux, des faux frères. Le génie de sa démarche avait été de multiplier l'unique, on ne pouvait briser cette logique en admettant des faux-semblants. Non. Il suffirait de le publier *en l'état*, partout, sur les cinq continents. Le nom était un produit national et international, de libre circulation, commercialisable sans transformation d'un pays à l'autre, d'une zone linguistique à l'autre.

Il parvint presque à s'en convaincre. Mais les choses n'étaient pas si simples. À la réflexion, des obstacles s'opposaient à la lecture immédiate et correcte du nom.

D'abord, l'alphabet n'était pas universel. L'auteur avait écrit le nom avec quatre lettres conventionnelles de l'alphabet latin, par chance le plus couramment répandu sur la planète. Mais de nombreux peuples employaient des alphabets et écritures différents : cyrillique, devanagari, arabe, kana-syllabique japonais, bengali, tégoulou-kannada, gurmukhi, coréen, tamoul, thaïlao, éthiopien, gujarati, malayalam, birman, oriya, grec, khmer, géorgien, arménien, hébreu, tibétain, mongol. Certains d'entre eux se traçaient même de droite à gauche, le monde à l'envers ! Le contraire du sens de son écriture ! Certains ne notaient que les consonnes ! Sans oublier le système de signes graphiques le plus éloigné de notre mode d'expression : les idéogrammes chinois ! Sauf à se couper définitivement d'une imposante partie du public, d'une composante de l'humanité, il faudrait bien transcrire le nom dans d'autres écritures ; ce serait approximatif, insatisfaisant, mais comment faire autrement ?

Ensuite, la prononciation risquait de n'être pas la même d'un pays à l'autre. Comment les lecteurs étrangers, *y compris ceux qui utilisaient l'alphabet latin*, allaient-ils prononcer le nom ? Une majorité d'entre eux ne le feraient pas correctement. Certains sons du mot, et notamment la voyelle en deuxième position, cette voyelle antérieure labiale fermée, n'existaient pas dans toutes les langues, même romanes. La prononciation serait souvent erronée, et cette erreur était aussi insupportable qu'une faute d'orthographe (elle était *du même ordre*, dénaturant le nom, mais d'une gravité moindre car elle s'envolait avec les paroles quand les écrits restent : *Verba volant, scripta manent*). L'auteur tenait à l'exactitude à l'oral comme à l'écrit. Or, malgré une seule et même graphie, on articulait, on entendait d'un pays à l'autre des sons différents, donc – à l'oreille – des noms différents. L'unité, une fois encore, volait en éclats. Comment parvenir à une seule façon de prononcer, qui ne saurait être que celle de la langue originale ? En marchant de long en large dans le salon, il trouva la solution : dans les futures éditions étrangères de son œuvre, il ferait suivre le titre de sa transcription en alphabet phonétique international, selon l'usage mise entre crochets.

Et les aveugles ? pensa-t-il soudain. Toutes les considérations qui précèdent, pour subtiles qu'elles soient, ne sembleraient-elles pas superflues, voire indécentes, à ces malheureux infortunés qui ne peuvent lire aucun mot dans aucune langue ? C'est la plus triste des infirmités, s'apitoya-t-il, que d'être privé, de naissance ou par accident, de la faculté de lire – et singulièrement de lire l'œuvre novatrice dont l'auteur allait bientôt inonder l'humanité. Aussi, pour permettre aux aveugles de prendre connaissance du contenu de ses livres, pour ne pas les laisser à l'écart de la bonne parole, il résolut de demander à ses futurs éditeurs une version des ouvrages en alphabet braille : chacune des quatre lettres du nom serait représentée par une combinaison de points saillants reconnue par lecture tactile. Il y a décidément une solution à tout. De surcroît, les œuvres pourraient être lues par des comédiens et enregistrées sur cassettes ; la bibliothèque sonore est une chance nouvelle d'accès à la culture pour les handicapés visuels, s'ils ne sont pas également sourds. Et un jour ou l'autre, une adaptation radiophonique ne manquerait pas d'être réalisée et programmée sur une station à vocation culturelle.

C'était rassurant. Le monde se révèle plein de ressources. Rien n'est perdu, ni impossible, même quand la situation paraît désespérée. Par exemple, en cas de catastrophe généralisée sur la planète, climatique, nucléaire ou guerrière, entraînant une désorganisation totale de la société et la destruction corrélative de la plupart des moyens traditionnels de communication, l'alphabet morse international, code de signaux sonores utilisant des combinaisons de points et de traits, servirait, en dernier recours, à transmettre le nom.

Perdu depuis le matin dans ces réflexions inquiètes, l'auteur n'avait rien écrit. Il alluma son ordinateur, ouvrit le fichier enregistré au nom de « Nom.doc ». Ce fichier était une sorte de toile qu'il tissait depuis la veille, une matière, un tissu littéraire, une réserve de texte qu'il travaillait à alimenter et dans laquelle il escomptait tailler ses œuvres futures, de longueur diverse. Il essaya d'écrire, de reprendre sa *frappe au kilomètre*, mais il n'en ressentait aucune envie. Une lassitude le gagna. Il abandonna. Au milieu du cinquième jour il devint peintre.

L'encre et la littérature ne lui suffisaient plus ; il souffrait, il étouffait dans ces surfaces réduites. Le format standard international A4 du papier était trop limité pour sa nouvelle démesure. L'espace pictural s'ouvrit à son jeu et à ses envies. Sur de grandes toiles qu'il avait en réserve, il peignit son nom, en noir sur fond blanc, en blanc sur fond noir. En gris aussi. En dégradés de gris. Il traçait enfin le nom en toute liberté, sans la contrainte des lignes, sans le calibrage des lettres, choisissant l'épaisseur du trait, l'inclinaison, la figure, le rythme ; il retrouvait le mouvement de la main, qu'il avait perdu en se mettant au clavier de l'ordinateur, un ample mouvement, non pas le tracé étroit de l'écriture manuelle, mais une véritable gestuelle, un mouvement du corps tout entier. Les toiles se succédaient. Une nouvelle série en fut remarquable. Le nom, écrit en lettres minuscules et régulières, des centaines, des milliers de fois à la suite, en largeur et en hauteur, en constituait le fond grisé ; sur cette trame, se détachait le nom, seul, en quatre énormes caractères noirs. Le nom recouvrant le nom. Ou en quatre énormes lettres blanches. Le nom trouant le nom. L'une de ces toiles rompait avec la monochromie : la même trame était déchirée par les quatre lettres qui ouvraient sur un fond de ciel étoilé.

Le triptyque lui aurait bien convenu, si son nom avait compté trois lettres : une sur chaque panneau. Il l'adopta nonobstant sa limite, et lui adjoignit un quatrième volet. Puis, les toiles devenant de plus en plus grandes sans assouvir son appétit croissant d'espace, il effectua une fresque sur tout un mur du bureau, qu'il avait dégagé de sa bibliothèque. Toujours le même, l'unique sujet : le nom en nombre, en liberté, tracé dans tous les sens, non seulement de gauche à droite comme en littérature, mais de droite à gauche, de haut en bas, de bas en haut, en diagonale, en travers, en cercle, en spirale, en arabesques. Il peignit aussi le nom sur une feuille de papier calque qu'il colla sur le bord inférieur droit de la fenêtre du bureau ; et ce fut comme s'il avait signé le décor extérieur. Il peignit aussi le nom sur une deuxième feuille de papier calque qu'il colla sur le bord inférieur gauche, *tournée vers l'extérieur*, à l'attention des passants et des habitants des autres immeubles ; et ce fut comme s'il avait signé le cadre de la fenêtre et son décor intérieur. Comme s'il avait signé l'endroit et l'envers du monde à la fois. Cherchant d'autres supports que les surfaces planes, il en vint à son corps. Il se souvint d'avoir lu un livre sur le *body art* : l'artiste se mettait en scène lui-même dans des actions éphémères le plus souvent filmées en vidéo. Ainsi l'auteur pourrait-il, devant l'objectif d'une caméra, peindre le nom sur toutes les parties de son corps (jusqu'aux intimes, sans la moindre censure), et le faire peindre sur les parties qui lui seraient inaccessibles – ou le faire tatouer. Homme nu vêtu seulement de ses inscriptions, il s'exposerait en personne ou diffuserait des photos et des films. Cette opération supposait toutefois le concours de partenaires, plasticiens et vidéastes. Ce n'était que partie remise.

Puis le volume lui manqua. Il pensa à la sculpture. La gravure sur bois, la pierre, la structure métallique. Ou d'autres matières, moins conventionnelles. Le nom formant une seule figure, émergeant d'un bloc, ou un jeu de quatre sculptures représentant les quatre lettres. Mais tout cela nécessitait beaucoup de matériel et il était trop tard pour aller courir les magasins spécialisés d'arts plastiques.

Il n'était pas sorti de la journée, se rendait-il soudain compte. La nuit venait de tomber sur le dehors. Les jours diminuaient, et le déséquilibre s'accentuait en allant vers l'hiver. Dès que la lumière externe virait au gris sombre et que les lampadaires des rues, les fenêtres des immeubles, les phares des automobiles s'allumaient, il baissait les volets roulants de toutes les pièces pour ne pas être vu. Il se hâta de s'isoler du monde extérieur.

Ce soir-là, il ne regarda pas la télévision et continua de peindre sur les supports les plus incongrus, et jusque sur l'écran de l'ordinateur. Il ne quitta pas son bureau. Il mangea du jambon, une boîte de sardines et des biscottes sur sa table de travail. Vers minuit, épuisé de rêve éveillé, il gagna son lit pour s'endormir.

Six

C'est au petit déjeuner du jour suivant, entre la tartine de beurre et la tartine de confiture, qu'il imagina la phase ultime de son projet. L'envoi de ses textes aux revues et aux éditeurs, qu'il avait mené tambour battant, avec rigueur et méthode – et dont il se refusait à envisager une issue autre que positive – était le premier acte d'un plan concerté, la première marche vers la réussite. Il serait bientôt édité. Mais il ne faisait pas confiance aux éditeurs. Ceux-ci ont encore beaucoup à apprendre en matière de commercialisation, de marketing, de publicité ; d'une façon générale, ils ne font jamais assez, ils croient qu'un livre va se vendre tout seul et s'estiment heureux quand ils ont récupéré leur mise de fonds. Leur manque d'ambition est manifeste. Que l'on compare le tirage moyen d'un roman avec le nombre moyen d'exemplaires de l'édition d'un disque, avec le nombre moyen de spectateurs en salles d'un film, le nombre moyen de cassettes commercialisées du même film après son exploitation en salles – et l'on aura une cruelle idée de la différence entre la littérature et d'autres arts. Si l'on peut proprement parler de *l'industrie* du disque, de *l'industrie* du cinéma, il faut bien avouer que la littérature en est restée au petit commerce. Les éditeurs demeurent de doux rêveurs qui ne sont pas taillés pour l'empire capitaliste de la libre entreprise, pour la lutte d'influence, et qui sont incapables de propulser un écrivain dans la sphère des stars. Il allait leur prêter main-forte. Il n'était pas de ces auteurs timorés qui pondent leur chef-d'œuvre dans un coin comme un œuf et puis se désintéressent de son sort, laissant le soin aux directeurs commerciaux des maisons d'édition d'en assurer la promotion ; lui voulait être un partenaire actif dans les multiples opérations de publicité qui suivent la mise sur le marché des œuvres. L'auteur et l'éditeur étaient liés par un intérêt commun. Il réfléchissait à des stratégies : comment diffuser l'œuvre, comment diffuser le nom ?

Aussi loin qu'il se souvenait (remontant jusqu'à l'enfance), il avait toujours eu le désir d'être célèbre, de voir son nom *cité* et *affiché* partout. Il rêvait d'être une idole. Au sortir de l'adolescence, effectuant ses premiers pas malhabiles dans la littérature, il avait même écrit un *Portrait de l'idole*, sorte de journal d'une star, une main courante d'un succès imaginaire, qui d'un strict point de vue littéraire était tout à fait nul. Et qu'il avait eu l'outrecuidance (ou plutôt, l'inconscience) de montrer. Et qu'il avait détruit ensuite. Mais les traces écrites avaient beau être effacées, évanouies comme des songes, rendues au néant, il s'était tant imaginé dans le corps et le destin d'une étoile qu'il s'en souvenait comme d'une vie antérieure. La force de la fiction était immense et moins amère que le réel. Il aurait pu dire d'un ton convaincu : *Jadis j'étais une idole*, et sur la lancée écrire ses mémoires, en roue libre du rêve.

Mais on devient une idole sur l'axe et le support d'un art, qui vous est comme une colonne vertébrale, un levier pour soulever le monde, et il n'avait au fond, il s'en rendait bien compte à présent, aucun talent particulier. Doué pour la musique et le chant, doté d'un sens inné de la scène et d'un fort potentiel sexuel, il aurait pu devenir le chanteur charismatique d'un groupe de rock'n roll, comme ce Mick Jagger qui avait si bien su faire en son temps pour couvrir la surface du monde. Doué pour la comédie, il serait devenu un acteur célèbre et adulé menant une carrière internationale, une vedette dans un film à gros budget, une étoile de Hollywood ayant son étoile gravée sur le *Walk of Fame*, au long de Hollywood Boulevard, à Los Angeles. Doué pour la réalisation, il serait devenu un cinéaste réputé, récompensé par des oscars, la Palme d'or du Festival de Cannes, l'Ours d'or de

Berlin, un monstre sacré du septième art. Doué pour la peinture, sa cote aurait atteint des sommets, les plus prestigieux musées du monde se seraient disputé ses toiles, multipliant les expositions et les rétrospectives. Doué pour la littérature, il aurait écrit des best-sellers, obtenu le prix Goncourt, le prix Nobel, il aurait été invité à la télévision par Bernard Pivot. Mais voilà, il fallait un don particulier. On n'existait pas à partir de rien. Et cependant, combien de vedettes n'étaient au final *rien* d'autre qu'un nom, combien n'étaient célèbres que par leur nom - une grande, une majeure partie du public n'ayant jamais lu, ni vu, ni entendu la moindre de leurs œuvres (et s'en souciant d'ailleurs comme d'une guigne) ? Combien d'artistes anciens, adulés comme génies en leur temps, ne sont plus aujourd'hui connus que par leur nom sur une plaque de rue ? Qui aurait la curiosité ou l'envie d'aller dénicher leurs œuvres au fond des bibliothèques et des musées, ces obscurs tombeaux de l'art ? On finirait par croire qu'ils n'ont laissé que ça, un nom sur une plaque de rue, et pourtant, qu'on y songe : toute une œuvre écrite, peinte, filmée ou composée jour après jour, année après année, dans l'angoisse et la difficulté de la création artistique, les affres de l'esprit et la misère matérielle (sans compter parfois l'incompréhension de leur époque), toute une œuvre aujourd'hui oubliée, niée par l'indifférence ou l'inculture des nouvelles générations, et ne survivant que par le nom de l'artiste, ce dernier refuge de l'être, quelques lettres blanches sur un fond de plaque bleue, avec au-dessous les deux années de naissance et de mort liées par un court trait d'union (ce qu'il reste de leur ligne de vie), et parfois, en complément, cette mention éclairante : *poète*, *écrivain*, *dramaturge*, *peintre*, *musicien*, *philosophe*, *cinéaste*, *acteur*, *homme de théâtre*, etc. N'était-il pas plus simple de vouloir dès le départ n'être qu'un nom sur une plaque de rue, chercher la durable immortalité de la plaque de rue, écrire son œuvre dessus, en faire le but avoué de sa vie, et s'éviter ainsi l'effroyable peine de créer une œuvre originale et difficile, constamment à renouveler, et vouée tôt ou tard à l'oubli ? Il y avait dans son projet inouï comme un raccourci de ce que le temps effectuait, quatre-vingt-dix-neuf fois sur cent.

C'était la voie de la sagesse, également. Il songea, avec crainte et respect, à tous les créateurs devenus fous, à tous les créateurs suicidés, les martyrs de l'esprit, les *poètes maudits*, pour avoir voulu suivre leur pensée dans ses retranchements extrêmes : ils n'en étaient pas revenus. Sa nouvelle œuvre mécanique le préserverait de la folie. La création devenait automatique. Une machine. Un moteur de mots. Elle pouvait d'ailleurs se développer toute seule, ou par l'intermédiaire d'employés salariés qui débiteraient des œuvres selon ses instructions, ou en suivant un mode d'emploi. À la manière d'un inventeur, il avait mis au point le prototype ; il suffisait maintenant de produire le modèle en série. Du travail d'usine. La matière était la même une fois pour toutes. L'auteur n'intervenait plus que pour la longueur totale de l'œuvre, la division des parties, la disposition sur la page. Bref, pour des questions de format. On aurait pu imaginer une œuvre *sur mesure*, à la demande du client, combien en voulez-vous, cinq cents grammes, un kilo, quatre-vingts pages, trois cents pages, cinq centimètres de tranche, *cent cinquante mille signes espaces compris* ? La vente s'effectuerait selon des critères quantitatifs, au poids, à la surface, au volume. La création céderait le pas à la production. L'auteur deviendrait un chef d'entreprise qui, par des moyens humains et matériels (dont l'informatique), augmenterait régulièrement son chiffre d'affaires. L'art entrerait de plain-pied dans l'économie.

On n'en était pas là, mais il avait déjà bien avancé, et dans le bon sens. À partir de son nom, il avait inventé le mot. Un nom commun de quatre lettres, ni plus ni moins, qui passerait dans la langue courante, qui serait un jour officialisé, répertorié dans les dictionnaires, qui se retrouverait plus tard utilisé dans une partie de jeu de Scrabble, ou inséré dans une grille de mots croisés, à la verticale ou à l'horizontale, entre deux cases noires, ou entre le bord de la grille et une case noire, et que les cruciverbistes auraient à deviner sous une définition qui pourrait être : *son nom se confondit avec son œuvre* ou *génie réduit à sa plus simple expression* ou *forme d'aberration mentale*, si les choses tournaient mal.

Il avait inventé le nom. Il en avait fait une œuvre. Il ne restait plus qu'à la vendre. Mais le nom était déjà un *argument de vente* à lui tout seul. L'auteur (qui n'avait pas les yeux dans sa poche) avait bien remarqué ce phénomène dans les vitrines des libraires : lorsque les éditeurs veulent vendre un livre en grand nombre, ne l'entourent-ils pas d'un bandeau de papier, généralement rouge pour mieux ressortir sur la couverture claire, sur lequel figure cette seule mention en grosses lettres blanches ou noires : le nom de l'auteur ?

Il rassembla ses idées, et ouvrit son cahier, pour noter quelques pistes.

Il imagina mille manières de diffuser le nom, comme une marque (à ce propos, pensa-t-il, un dépôt de garantie serait à effectuer sans délai à l'Institut national de la propriété industrielle pour protéger cette marque, son bien immatériel, et en assurer l'antériorité). L'œuvre serait complétée par des produits dérivés. La publicité par l'objet lui plaisait beaucoup. Il entrerait dans le quotidien des gens par de menues choses : cendriers, stylos, briquets jetables, T-shirts et casquettes. Le nom s'étalerait sur des milliers de surfaces familières, il serait manipulé et lu machinalement, devenant un élément du décor, s'insinuant dans la mémoire visuelle du plus grand nombre. Le nom suffisait, sans autre forme de procès. Nul besoin d'image associée ; il se suffisait à lui-même. Il avait la perfection de l'abstrait. Comme le dieu de certaines religions, le nom devait se limiter à son seul énoncé, à sa seule graphie (*au début était le verbe, au début était le nom*), fuir toute représentation, toute illustration flatteuse mais fausse, à laquelle il convenait de préférer l'abstraction de l'écriture, de ses lettres pérennes, de ses figures quasi géométriques. À terme il faudrait supprimer les photos, ces photos de l'auteur en circulation, qu'à tort l'on croit promotionnelles, et interdire toute nouvelle prise de vues. Les photos étaient imparfaites, son corps et son visage imparfaits, ses tenues, ses poses imparfaites. Jamais il ne parvenait à livrer une image satisfaisante de lui-même. Pire encore : l'image était multiple.

Jamais la même. Prise sous des angles différents, sous des lumières différentes, à des âges différents. Entre une photo de sa jeunesse et une autre de son âge actuel, il y avait un tel changement que certains observateurs n'auraient pas cru reconnaître le même homme. L'image, nombreuse, dispersait son identité. Le nom, au contraire, était unique, inaltérable ; il s'inscrivait dans une continuité qui excédait l'existence particulière et passagère de l'auteur, il lui était antérieur et lui serait postérieur, gravé dans le marbre depuis des générations passées et pour des générations futures. Une telle permanence le rassurait.

La publicité commencerait par voie d'affichage. Des affiches sur les panneaux quatre mètres par trois, sur des colonnes tournantes pour s'offrir à tous les angles de vue. De l'affichage sauvage aussi, que l'on attribuerait au prosélytisme excessif des fidèles. Cette première campagne serait doublée par une prospection postale. On enverrait une lettre circulaire à chaque homme, à chaque femme de la terre. On déposerait un message promotionnel sur leur répondeur téléphonique, sur leur messagerie électronique, sur tout espace, même immatériel, que l'on serait susceptible d'investir. Ce n'était qu'affaire de méthode. Mais il ne faudrait pas que tout le monde ait la même idée. Il ne faudrait pas que tout le monde crée un nom à partir de son propre nom, un nom commun à partir de son nom propre, en fasse une œuvre et en assure la promotion. Car tout s'annulerait. Il fallait donc faire vite, pour prendre les autres, ces concurrents potentiels, ces milliards de concurrents potentiels, *de vitesse*. Pas question de se faire piquer une si bonne idée.

L'auteur ferait donc commerce du nom, cette denrée non périssable, facile à stocker, à reproduire, inépuisable. Conscient qu'il n'y parviendrait pas tout seul, il créerait une société commerciale qui n'aurait rien d'anonyme. Des attachés de presse des deux sexes seraient recrutés pour monter des opérations commerciales, pour le battage médiatique, mais il n'hésiterait pas à payer de sa personne. On n'est jamais si bien servi que par soi-même. Il songea d'abord à se faire homme-sandwich. Dans de vieux films américains, il avait vu des hommes marcher sans trêve dans les rues de New York, une pancarte sur la poitrine, une seconde pancarte dans le dos, publicités vivantes et mobiles. Ce vieux média tombé en désuétude méritait d'être réactivé – et de façon massive. Il imagina une armée de pauvres hères, recrutés pour une bouchée de pain, déambulant dans les capitales du monde (l'efficacité est meilleure en zone urbaine), portant le nom devant et derrière, recto et verso. Et rien n'interdisait à ces braves colporteurs de doubler la publicité visuelle par une publicité sonore, en articulant le nom, en le criant à pleine voix, à pleins poumons. Il songea également à une échoppe remarquée dans les rues de sa ville, sur la vitrine de laquelle il avait lu : *T-shirts imprimés sur demande.* Il pourrait en commander quelques centaines avec le motif du nom et les distribuer gratuitement aux miséreux qui n'ont rien à se mettre sur le dos. Du même coup il serait un bienfaiteur de l'humanité ! Et pour les enfants, des ballons marqués du nom. Le vendeur lui proposerait sûrement un tarif intéressant à partir de mille exemplaires.

Aucun support n'était à négliger, même ceux que la loi des hommes interdit. Il aurait ainsi une activité clandestine mais intense de tagueur. Muni d'une bombe de peinture noire et d'un pochoir, il afficherait le nom sur les murs des villes du monde entier. Un observateur curieux et attentif en relèverait plus tard des traces dans les rues, avenues et ruelles de New York, Prague, Sidney, Lisbonne, Casablanca, Londres, Reykjavik – et d'autres cités moins célèbres, que l'auteur aurait également arpentées.

Sur le modèle des moulins à prières de la religion bouddhiste, il ferait confectionner des cylindres renfermant des bandes de papier recouvertes du nom et qui tourneraient dans le vent, dans un bruit incessant de crécelles, répétant jusqu'à l'innombrable les quatre lettres de la formule sacrée.

Il imagina toutes formes de publicité, immobiles ou mobiles, permanentes ou intermittentes, peintes ou lumineuses, sur des véhicules comme sur les murs, sur le bord des routes, sur les berges des fleuves, devant les tribunes des stades, dans les couloirs du métro, dans les gares, les aérogares, dans les journaux et magazines, une publicité par voie de presse, par voie radiophonique et télévisuelle, sur le papier, les ondes et les écrans, sur les supports matériels et immatériels, sur l'Internet où il ne manquerait pas de créer son site - une information qui traverse les mers et les airs, qui court sur les réseaux, qui se code, se fragmente, se transforme pour les besoins du transport et se recompose après quelques instants à l'autre bout de la terre, qui passe par les fils, les câbles, ou par le relais de satellites -, au ciel enfin. Au-dessus des plages bondées l'été de la Méditerranée et d'autres mers touristiques, de petits avions déploieraient des banderoles revêtues du nom.

Mais tout compte fait, la meilleure

formule serait d'écrire le nom sur un papier blanc que l'on reproduirait à des milliers d'exemplaires puis que l'on introduirait roulé dans des milliers de bouteilles que l'on fermerait par autant de milliers de bouchons de liège. Et l'on irait lâcher toutes ces *bouteilles à la mer* au fil de l'eau en les répartissant équitablement entre les cours d'eau, les étangs, les lacs, les mers et les océans de la planète. Cette répartition spatiale se doublerait d'une répartition au fil du temps ; les humains les découvriraient à des époques différentes, qui le lendemain même, qui un mois ou un an après, qui enfin plusieurs centaines d'années après la mise à flot - et le message que l'on extrairait, que l'on déplierait, serait la lointaine retombée dans le futur d'un projet fou et sans équivalent, et peut-être la fameuse miette d'éternité que l'auteur avait tant désirée et recherchée tout au long de sa vie.

Fermant à demi les yeux, il revit l'idole qu'il avait rêvé d'être. Une idole universelle, s'exprimant par tous les médias, le livre, le disque, l'écran, la scène, tour à tour acteur, chanteur, danseur, écrivain, réalisateur, auteur compositeur interprète, peintre ; devant et derrière la caméra ; une idole inévitable car elle s'adresserait à tous les publics. Mais une telle idole n'existe pas, elle n'est qu'une construction de l'esprit. Nul homme ne rassemble autant de talents. Il aurait fallu additionner plusieurs stars mondiales, faire un collage de morceaux de stars, les fondre en une, pour créer ce génie hybride, ce monstre, ce Frankenstein de gloire. Et même dans cette hypothèse, l'idole serait rien moins qu'universelle. Elle n'existerait pas pour tous, ni dans l'espace (il y a encore des coins de la terre, sauvages et reculés, des zones d'ombre où le bruit du monde ne parvient pas), ni dans le temps, elle n'aurait jamais existé pour tous ceux qui étaient morts avant son apparition, et son souvenir décroîtrait parmi les générations futures. Il se vit dans le drame du temps, et en conçut de l'horreur. Des millions, des milliards d'êtres humains, de toutes langues, de toutes races et de toutes confessions, étaient morts avant la publication de son œuvre ; et du fait de cette fâcheuse antériorité, de cette malchance inconsolable, ils ne l'auraient jamais connue. Leurs vies perdues auraient passé en vain. Cela, c'était le passé : un gâchis définitif. L'avenir était une autre source d'inquiétude. L'idole ne contrôle pas plus le futur que le passé. Que devient-elle après sa propre mort, qu'en reste-t-il ? Elle n'a plus aucun pouvoir sur le devenir de son œuvre. Son image se trouve livrée aux prédateurs et aux courants contraires du temps. L'idole morte survit dans le souvenir de ceux qui l'ont connue, se prolonge dans leur mémoire, se nourrit de leurs restes de jours. Mais ses admirateurs, ses adorateurs fidèles meurent, les uns après les autres. Leur nombre diminue de jour en jour - et c'est comme si les fils se brisaient un à un de la trame de la mémoire. Les derniers qui l'ont connue bientôt ne seront plus. Chaque fois l'idole perd de sa matière. Elle s'amenuise. Il n'y a que des idoles partielles, chacune se réduisant à sa zone de chalandise, à son taux de couverture, des idoles de plus en plus partielles avec le temps. L'idole n'est qu'une éphémère illusion.

La nuit, il eut un cauchemar. L'auteur était perdu dans une ville immense dont il ne reconnaissait pas les rues ni les monuments ; les noms des voies avaient été remplacés par des numéros ; les directions sur les poteaux indicateurs étaient effacées. Les voitures qui glissaient en silence portaient des plaques minéralogiques étranges, où les lettres avaient disparu. Aucun taxi ne s'arrêtait à son appel et il était seul à marcher dans les rues droites qui se coupaient à angle droit. Il ne parvenait pas à retrouver son appartement. Cette errance lui sembla durer un temps infini, jusqu'à ce qu'il sombre dans une excavation qui s'ouvrit dans le trottoir. Il se réveilla en délire, assis sur son séant au milieu du lit vide et blanc aux draps défaits, transi de froid et de sueur. Puis il se rendormit. Profondément.

Sept

Le septième jour il se reposa.

L'excitation des jours précédents l'avait épuisé. Il se réveilla fort tard, ayant beaucoup dormi. Sans prendre son thé habituel, il s'habilla rapidement et sortit pour rejoindre une brasserie toute proche où il déjeuna d'un grand café noir et de deux croissants.

Avant de rentrer il fit un crochet par la gare. Il traîna dans le hall, près de la porte Vivier-Merle, entra dans toutes les boutiques, feuilleta les revues, acheta un magazine d'actualités, un paquet de *Gitanes bleues sans filtre*, puis resta un long moment à contempler le grand tableau noir aux lettres mobiles et bruyantes indiquant les départs des trains, avec les heures précises, les destinations, les numéros des trains et des quais - et il rêva sur des noms de villes, dont celle de Prague, qui lui évoquait irrésistiblement Kafka. Une grande animation régnait dans le hall, les voyageurs avaient d'imposants bagages, ils étaient en groupes ou en familles, comme en période de vacances. C'était effectivement une période de vacances, comprit-il enfin.

Lentement, par un autre chemin que

l'aller, il regagna son domicile. Dans le hall de l'immeuble il prit conscience qu'il n'avait pas relevé sa boîte aux lettres depuis trois jours. Elle ne contenait que des publicités, des journaux gratuits d'annonces et la quittance de loyer émanant de l'office public des HLM. De retour dans l'appartement, il prit une douche, puis erra d'une pièce à l'autre, de la cuisine au salon, de la salle de bain à la chambre, évitant son bureau dont la porte entrouverte laissait deviner la masse sombre et indistincte, car il n'avait pas ce matin-là relevé les volets roulants de son unique fenêtre. Depuis le corridor, vu de l'extérieur, le bureau semblait une geôle obscure, menaçante, l'antichambre d'un domaine d'ombre sans limite. Il n'avait pas envie d'entrer. Il n'avait pas envie d'écrire. Il n'écrirait rien de la journée. Sur la serrure de la porte du bureau se trouvait une clé dont il ne s'était encore jamais servi. Il ferma la porte à double tour et déposa la clé dans le tiroir d'un meuble du salon, sous un paquet de lettres. Puis il revint devant la pièce condamnée. De l'autre côté, derrière cette porte, derrière la cloison, hors d'atteinte, étaient ses cahiers, les manuscrits, l'ordinateur, l'imprimante, les tableaux. Les textes, les œuvres. Ses rêves et ses projets semblaient être restés aussi dans le bureau, contenus, retenus. C'était comme une vie enserrée là-dedans, ou du moins ses restes matériels, comme la vie d'une vieille idole qui ne serait plus une idole depuis longtemps et qui aurait mis à part, dans une pièce resserrée, une pièce aveugle aux volets fermés, tous les signes visibles de son passé glorieux, toutes les preuves tangibles d'une existence vérifiable dans un temps et un espace donnés mais aujourd'hui dépassés. Il eut aussi l'impression de se trouver comme à l'extérieur d'un crâne, le crâne d'un autre, dont le vase clos des idées lui serait toujours inaccessible. Il tourna le dos à la porte et regarda la lumière qui venait par la baie vitrée orientée au sud.

Allant et venant dans le salon, il découvrit que la prise du téléphone traînait sur le parquet. Il la rebrancha. Une semaine s'était écoulée sans un appel ; il ne s'en était ni aperçu, ni inquiété.

Il ouvrit la porte-fenêtre. L'air n'était pas si vif et froid que ne le laissait craindre la saison. Un mince rayon de soleil, un fragment de ciel bleu vers l'est tempéraient cette fin grise d'automne. Il se pencha sur le balcon et regarda la ville battre faiblement à ses pieds, les automobiles obéir aux injonctions des feux, ralentir pour s'immobiliser puis repartir, quelques rares passants flâner dans la rue en bas, regardant distraitement à travers les vitrines des boutiques fermées, un chien errant dans un sens puis dans l'autre. La ville était calme et un peu désertée comme à chaque fin de semaine.

Le téléphone sonna. Il rentra dans le salon pour décrocher. C'était la voix de sa maîtresse, cette voix familière, douce et feutrée, comme si elle avait peur de déranger, elle s'étonnait de son silence depuis le début de la semaine. *Où étais-tu passé ? Je te croyais parti*, hasarda-t-elle. *J'ai appelé plusieurs fois, la ligne semblait en dérangement. Ton travail a bien avancé* ? Il bredouilla : *J'ai beaucoup travaillé. Mais il est trop tôt pour en parler.* Elle lui donna rendez-vous un jour de la semaine suivante dans l'une de leurs brasseries habituelles, dans le quartier de la Croix-Rousse. *Le jour que tu veux, mais pas demain*, dit-il, avant de convenir du mardi.

La communication terminée, il resta quelques minutes allongé sur le canapé de cuir vert, tranquille. Pour la première fois depuis longtemps, son esprit lui semblait libre, léger, comme une vaste chambre vide et claire, et il en ressentait une sorte de soulagement. C'est dans ce vide qu'un souvenir revint, d'abord sous la forme d'une image. Il revit son père. Il revit l'agonie de son père, cette agonie si longue et si horrible, cette souffrance qui n'a pas de nom et qui, lors des visites dominicales qu'il lui rendait dans ce lugubre hôpital hanté de mourants éphémères, les laissait muets l'un comme l'autre, l'un en face de l'autre, pendant des heures. Tous deux ne pouvaient partager que le temps, qui les entraînait dans le même sens. Le poids des années communes remplissait le silence. Son père fermant les yeux, lui détournant les siens, ils communiaient dans le passé, dans des paysages, des décors et des lumières qu'ils avaient traversés et partagés. L'auteur revoyait dans une succession d'images presque arrêtées tout ce que son père lui avait apporté, au-delà des mots si rares, au-delà des gestes encore plus rares, ces attentions, cette tendresse informulée, ces soucis, ces espoirs pour l'avenir d'un fils, seul garçon de la famille. Dans la maison, on ne parlait pas, ou si peu, on n'écrivait pas. On se méfiait du langage. On ne connaissait pas l'art de la conversation, la force thérapeutique de la confession ; on ne connaissait pas la force des mots écrits, de la cave au grenier on n'aurait pas trouvé plus d'une douzaine de livres. Seul le travail comptait. Un travail de peine. Ce qui s'effectuait sans peine physique n'était pas du travail. Il revoyait ces activités partagées en famille, les samedis et les dimanches à s'occuper, ces journées et ces soirées passées avec son père, son oncle (le frère de son père, qui avait tant compté pour lui), et ses cousins germains, tous du même nom, une sorte de clan familial, tous liés par ces travaux de la campagne faits en commun, ces rites saisonniers, les vendanges, le pressoir, la coupe du bois, le jardin, la cueillette des fruits, les prés à clôturer, les foins – et, le dimanche après-midi, cette bière qu'il allait boire avec son père dans un café, près de la petite gare de Quincieux-Trévoux, cette rare occasion de repos qu'ils s'accordaient, conscients de l'avoir mérité. Dans la chambre d'hôpital, tous deux se rejoignaient dans l'évocation muette de ces scènes, nimbées de la lumière douce et cuivrée du souvenir.

La température commençant à baisser, il alla fermer la porte-fenêtre. Il téléphona à des amis, programma les sorties de la semaine à venir. Il appela sa mère, annonçant qu'il passerait le lendemain, et occupa le reste de la soirée à lire un roman de Thomas Bernhard.

Épilogue

Le huitième jour portait le même nom que le premier jour, lundi. Il revenait comme un cycle. Mais c'était un lundi particulier, comme il le vérifia sur le calendrier fixé au mur de la cuisine, le premier novembre, jour de la Toussaint. Comme une fois par an, il rendrait visite au cimetière de la petite commune où reposaient les membres de sa famille.

Dès le petit déjeuner terminé, il sortit sa voiture du garage souterrain de l'immeuble et roula jusqu'au village distant d'une vingtaine de kilomètres de Lyon. La radio qu'il écouta pendant le trajet jouait la nostalgie et passait en continu des chansons d'une génération passée, dont *Angie*, des Rolling Stones, qui l'émut aux larmes en le replongeant dans son passé et lui rappelant un premier amour. Il se retrouva très vite devant le cimetière, comme si le temps s'était contracté ou accéléré. Plusieurs voitures étaient déjà garées contre le haut mur de part et d'autre de la lourde grille d'entrée repeinte en vert sombre ; c'était jour d'affluence chez les morts. Des hommes, des femmes et quelques enfants silencieux entraient dans l'enceinte, d'autres sortaient ; il croisa plusieurs personnes mais n'en reconnut aucune. C'était mieux ainsi. Il n'avait pas envie de converser avec les vivants.

Le cimetière se tenait dans la plaine, près des maisons basses du bourg et à proximité d'une autoroute, dont on entendait le léger grondement. Le seul autre bruit perceptible était le crissement des pas (les siens, comme ceux des visiteurs qui se relayaient) sur le gravier des allées, une épaisseur absurde de gravier qui rendait la marche difficile et interdisait toute discrétion. Il progressa entre les tombes uniformément grises, un décor bas et gris rompu par la rouille des croix de fer et les trous de couleur des fleurs, naturelles ou artificielles.

Un vent glacial commençait à chasser les derniers nuages ; la température avait nettement baissé depuis la veille. Il remonta son col et serra son écharpe.

Tous les ans, à la date conventionnelle, il accomplissait son pèlerinage et se rendait sur deux tombes. Il y avait une tombe pour la partie de la famille qui portait le nom du père (et que l'on appelait le *tombeau*, par tradition, peut-être en raison de son aspect plus massif et austère) et, dans un coin opposé du cimetière, une autre sépulture pour l'autre partie de la famille qui portait le nom d'origine de la mère. Une sorte de famille associée, au destin scellé à la première, aux intérêts devenus communs par les liens d'un mariage, mais étrangère par le nom. Presque toutes les sépultures, de part et d'autre des allées qu'il remontait, étaient fleuries à la nausée ; les fleurs cachaient une partie des inscriptions. Par-dessus la terre humide, parmi l'odeur mouillée et végétale, les noms se répondaient d'une pierre à l'autre, d'une plaque de marbre à une croix de fer, d'une stèle à une dalle funéraire. Certains d'entre eux, d'une gravure plus ancienne, n'étaient déjà presque plus lisibles ou ne se distinguaient plus des coups de griffes malhabiles du temps. Ou la mousse avait envahi le lit des lettres. Le temps les rongeait, les effaçait. Les tombes les plus vieilles n'étaient plus que des pierres indistinctes, rendues à l'oubli, pareilles à des alignements d'un autre âge dont on a perdu le sens. Lors de sa progression dans le cimetière, il remarqua à l'angle d'une sépulture fermée par des chaînes une sorte de ruban replié, une chose translucide et séchée qui ressemblait à une peau morte de serpent, abandonnée sur le ciment noirci. La dépouille traînait à côté d'un livre ouvert, en marbre blanc, sur lequel figuraient quelques lignes de regrets éternels.

Il commença comme toujours par la tombe de l'autre famille, celle par alliance, qui était la plus éloignée dans le cimetière, la plus éloignée aussi dans son esprit et dans son cœur. Il se recueillit quelques instants, ayant une pensée pour son grand-père (qu'il n'avait pas connu mais dont on lui avait tant parlé que sa figure avait hanté ses années de jeunesse), pour sa grand-mère (qu'il avait connue) et pour ses cousins, morts jeunes et tragiquement. Il les revit. Les images vinrent fugaces et floues devant ses yeux, des chutes de films, retraçant des moments ensoleillés de vies trop tôt interrompues. Des moments brefs de la vie en allée, des scènes brisées, déchirées, où il figurait avec eux, ombre parmi les ombres, dans des décors familiers, des maisons familiales comme on en voit à la campagne, comme on y vit, avec des granges, des greniers, des caves, des celliers, des cours, des puits, ou en extérieur, parmi les jardins, les vergers, les chemins, les prés, sur les rives de la rivière du village, près du pont de pierre, des scènes télescopées et muettes, son coupé, la mémoire n'ayant conservé que le visuel. Il revécut les jeux, les disputes sans fin, les repas de famille, les sorties ensemble, et les journées irréelles des enterrements, l'église, le trajet de l'église au cimetière, le trou, la terre. Puis il alla vers l'autre tombe. Elle était, autant dans l'expression simple de la douleur et du souvenir en ce jour des Morts (quelques bouquets de fleurs naturelles que sa mère et sa sœur avaient disposés avec soin sur la dalle) que dans la nature des inscriptions funéraires, d'une grande sobriété. Pas d'épitaphe, pas de *ci-gît*. Pas de discours. Aucun mot superflu. La simple liste des morts, rangés par ordre de décès, séparés entre eux par un léger trait horizontal, comme un signe discret de ponctuation, une sorte de point final après chacune des existences achevées.

Sur la pierre s'élevant très droite vers le ciel et finissant en arc de cercle était gravé le nom, plusieurs fois le nom en lettres dorées, avec des prénoms différents, des dates de naissances et de morts différentes, des années de débuts et de fins qui s'intercalaient dans le temps. La dernière mort était celle de son père ; la précédente était celle de son oncle. D'autres, plus anciennes, se rattachaient à des êtres qu'il n'avait pas connus. Toute une lignée remontait du bas vers le haut de la pierre en reculant chaque fois dans le temps, dans les profondeurs d'une mémoire qui n'était plus la sienne. Tous ces noms, l'un dessous l'autre (et qui n'étaient pas alignés, chacun, accompagné d'un prénom de longueur diverse, étant centré sur la pierre - ce qui donnait l'impression de branches de part et d'autre de l'axe d'un arbre) se rejoignaient ici, en cette dernière demeure, annulant les écarts de temps, annulant les générations. Il remarqua que les lettres du nom, qui pour les deux derniers titulaires décédés avaient été fraîchement dorées, étaient toutes en majuscules et de taille égale, la première ne se distinguant pas par sa hauteur ou sa force des suivantes. Un nom commun peut à l'occasion s'écrire en majuscules, entièrement en majuscules, lorsqu'il sert de titre par exemple, et c'est ainsi qu'il se trouve répertorié dans le dictionnaire, en capitales accentuées. Il restait de la place sur la pierre tombale, vers le bas, de l'espace vacant, comme des lignes vierges, pour les êtres à venir, les êtres à ne plus être, des hommes et des femmes que la mort arrêterait, puis creuserait, réduirait, qui ne seraient plus bientôt que des os, qui ne seraient plus que des lettres, droites, définitives et résiduelles comme des os.

Un jour, là ou ailleurs, sous cette pierre ou une autre, il serait lui aussi ce nom, ce reste de lettres, cette abstraction commune à toute une lignée. Le nom avait vécu plusieurs fois dans ce village, il était mort plusieurs fois à cette même place. Il venait mourir, à intervalles irréguliers, s'échouer ici comme au terme d'un voyage ; chacun des êtres qui avaient porté le nom venait finir en cet ultime lieu, rendre sa vie et son nom avant de descendre dans la terre, avant de se dissoudre dans la terre. Le nom ne lui appartenait pas, c'était vraiment un nom *commun*, celui d'une *communauté*, car il était partagé, le même pour une collection d'hommes et de femmes à travers le temps, un vêtement uniforme. Le nom n'était pas original. L'auteur en voyait ici plusieurs exemplaires, s'appliquant à des êtres différents, devenus des choses mortes différentes. Dans le cimetière il y avait d'ailleurs d'autres tombes portant le nom, des cousins germains, des cousins éloignés. Le nom ne le désignait pas de façon suffisante. Son prénom lui-même, ce prénom composé immortalisé par un célèbre écrivain du dix-huitième siècle, par lequel il se distinguait des membres de sa famille, de son immédiate parentèle, n'était pas si rare qu'il ne soit commun à de nombreux hommes sur terre, présents ou passés ; et son nom et son prénom réunis (l'ensemble inséparable qu'ils formaient, l'intitulé complet de son identité dans l'état civil) n'étaient pas eux-mêmes si originaux qu'ils ne puissent être portés, aujourd'hui ou hier ou demain, par une autre personne avec laquelle l'auteur aurait un vague lien de parenté, voire une absence de lien de parenté ; cet autre serait un parfait homonyme, un double nominal, une réplique lexicale, un clone verbal - et n'en constituerait pas moins une personnalité différente, sans point commun, peut-être même un sale type, une ordure, un salaud, un criminel avec lequel l'auteur courrait le risque d'être confondu. Aucun nom n'est unique. La seule façon d'être unique, ce serait d'inventer un nom qui ne soit pas le sien, qui n'existe pas, de toutes pièces, de toutes lettres, et encore, la réalité dépassant la fiction, ou l'imagination puisant involontairement dans l'inconscient, on ne serait pas sûr que ce nom ne soit pas déjà attribué à un quelconque individu sur un point de la surface du globe, ni que ce nom ne soit pas né, ou à naître, dans une autre imagination qui, par un singulier hasard ou une coïncidence d'emprunt involontaire à une mémoire collective, rencontrerait la nôtre. On ne saurait jurer de rien.

Il s'assit sur le bord de la tombe, dos à la pierre. De sa poche il sortit un petit carnet, qu'il tint entre le pouce et l'index par les deux faces retournées de sa couverture, comme un papillon par les ailes. Les pages vierges s'ouvrirent dans le vent froid qui les feuilleta en les claquant légèrement. Il traça quelques mots sur le papier étroit, des mots différents les uns des autres. D'une écriture maladroite et heurtée à cause de sa situation inconfortable, il écrivit une phrase. Une phrase en bonne et due forme, amorcée par une majuscule à la première lettre du premier mot, terminée par un point après la dernière lettre du dernier mot. Puis il poursuivit par une deuxième, qu'il ratura, recommença. Il eut envie d'écrire une histoire, à partir de souvenirs qui l'envahissaient depuis la veille, une histoire à propos de cimetières mais qui ne se limiterait pas à ce thème, une histoire qui parlerait des cimetières entre autres choses et comme *points de départs*, mais aussi des mille autres choses qui s'intercalent entre les deux dates fatidiques de la vie d'un être, des mille autres vies qui la croisent, des événements et des rêves qui traversent une existence en un seul exemplaire, qui s'efface à mesure qu'elle avance. Il releva les yeux, regarda le clocher de l'église au-dessus du mur d'enceinte, qui de sa position demeurait le seul point visible du village de son enfance. Il se trouvait à l'une des pointes du triangle géographique et sentimental où s'était jouée la partie essentielle de sa vie. Un territoire lourd de temps s'étendait à sa gauche, à sa droite, sur des kilomètres familiers. Il le visitait par la pensée. Les images se précisaient, devenaient des idées, puis des mots. Les phrases se succédaient. Tout était à écrire. Un livre n'y suffirait pas.

FIN

Du même auteur :

Romans et récits :
Le puits des Pénitents (polar), éditions Héraclite, 2022.
Avril à Cluny (polar), éditions Héraclite, 2021.
Terminus Perrache (polar), éditions Germes de barbarie, 2019.
La malédiction de l'Hôtel-Dieu (polar), Germes de barbarie, 2018.

Nouvelles et textes courts :
Chassez le mégalo, il revient à vélo, Cactus Inébranlable, 2020.
Journal d'un mégalo, Cactus Inébranlable, 2018.
Billets d'absence, Le Pont du Change, 2015.
Le Mouton noir, Passage d'encres, 2014.
Courts métrages, Le Pont du Change, 2013.

Poésie :
Images d'archives, Petit Pavé, 2023.
Hermes baby, La Boucherie littéraire, 2021.
Mémoire cash, Gros Textes, 2020.

Site de l'auteur : www.jeanjacquesnuel.com

Printed in Great Britain
by Amazon